ニーチェの詩集『フォーゲルフライ王子の歌』全評釈

太田光一
Ohta Koichi

郁朋社

二人の亡き妻清子と愛子の御霊に捧ぐ

ニーチェの詩集『フォーゲルフライ王子の歌』全評釈／目次

ニーチェの詩集

『フォーゲルフライ王子の歌』全評釈

序

詩集の名称に『フォーゲルフライ王子の歌』と名付けたことについてひとこと述べるべきであろう。「フォーゲルフライ」とは「追放された」というのが原意である。ニーチェは一八七二年に『悲劇の誕生』を出版したが、バーゼル大学の古典文献学の教授の書き物としてふさわしくないと批判が噴出して、その地位を危うくしていた。それに加えて、病苦が襲い掛かり教授職にとどまりがたくしていた。ついに一八七九年六月、教授職を辞して年金生活に入るのを良いことに、ドイツを離れ健康に良いとされたイタリア、南仏などへ転地療養に出掛けたのである。ニーチェは自嘲的にこれを「追放された」と誇張していたのであろう。だから、「追放された王子」こそはニーチェだったのである。『追放された王子』の訳はあまりに直截的であり、あまりに散文的なので敢えて、固有名詞的に、ニーチェを暗示するものとして『フォーゲルフライ王子の歌』とした。

更に言えばこの詩集はニーチェの唯一の自選詩集である。内容は『ゲーテに寄す』『詩人の自覚』『南方にて』『信心深いベッパ』『不可思議溢るる小舟』『愛の告白』『テオクリトス風の山羊飼の歌』『《訝しき魂どもを》』『絶望の阿呆』『詩的療法』『《わが幸福よ》！』『新しき海へ』『シルス・マリア』『ミストラルに寄す』の十四首の詩から成る詩集としては小振りなものであるが、ニーチェ自身編集してまとめたことは特筆に値しよう。自伝『この人を見よ』にはこう記されている。《『フォーゲルフライ王子の歌』は大部分シシリー島で作詩されたが、プロヴァンス地方に伝わる gaya《ガイア》 scienza《シエンツァ》（=la gaia scienza―悦ばしき知識―訳者注）の概念、つまり、プロヴァンス地方の驚くべきあの早熟文化をあらゆる曖昧模糊たる文化と対照させせた詩人と騎士と自由思想のあの調和を想起させるものである。とりわけ最後の『ミストラルに寄す』はふざけた舞踏歌で、「ごめんこうむって」と言っては道徳の頭上を踊り去っていくという完全なるプロヴァンス主義である》とある。作詩時期はマネッセ版ニーチェ詩集によれば一八八二年から一八八四年の間とされるが、右の『ミストラルに寄す』は一八八四年十一月南仏マントンで書かれた。

詩集の刊行は『悦ばしき知識』の第二部（第五書）出版の際に、その巻末に付け加えられて一八八七年に出版された（第一部は一八八二年に出版されている）。実はこれ以前の一八八二年シュマイッツナー社より『メッシーナ牧歌』として六首が発表されたが、現在の表題とは次のように異なっていた――（　）内が現在の題である。『フォーゲルフライ王子（南方にて）』『山羊飼の歌《シラクサのわが隣人テオクリトスに寄す》（テオクリトス風の山羊飼の歌）』『小さな魔女（信心深いベッパ）』『夜の不思議（不可思議溢るる小舟）』『アホウドリ（愛の告白）』『鳥判断（詩人の自覚）』の六首である。

冒頭述べたごとく一八七九年六月、病気悪化のためバーゼル大学を退職し年金生活に入り、夏はスイス、冬はイタリア、南仏と一所不住の孤独な生活を送っていた。しかし、孤独に苛まれたというよりむしろ自由の身を喜び著作に没頭し、友人と会い、端で思う程ニーチェは沈んではいなかったようだ。勿論、眼病、偏頭痛、胃病などには散々痛めつけられてはいたが、ニーチェはそれをも糧にしていたのであろう。『人間的な、あまりに人間的な』第二部の序文でこう述べている。《すなわちここでは病苦に悩み不自由を強いられている一人の男が、まるで病苦に悩むこともなく不自由もしていないかのように語っている》と。それを裏付けるかのようにこの間の著作は一八七九年『人間的な、あまりに人間的な』第二部、一八八〇年『人間的な、あまりに人間的な』第二部下巻『漂泊者とその影』、なお、『人間的な、あまりに人間的な』第一部は既に一八七八年五月に出版されている。一八八一年『曙光』、一八八二年『悦ばしき知識』（第一書―第四書）、一八八三年『ツアラトストラ』第一部、第二部、一八八四年『ツアラトストラ』第三部と目白押しに続くのである。

ニーチェの主要著作がこの時期に加えられたのである。更に一八八五年『ツアラトストラ』第四部、一八八六年『善悪の彼岸』、一八八七年『道徳の系譜学』、そして最晩年の一八八八年には『ワーグナーの場合』『偶像の薄明』『ニーチェ対ワーグナー』『アンチクリスト─キリスト教批判の試み』自伝『この人を見よ』などが書かれ一部生前に出版されたが、一八八九年一月、トリノで昏倒して正気を失った。

この詩集の詩一つ一つが原作からどのように推敲されてきたのか、その航跡を辿ることができないにしても、完成された形で発表された一八八七年時点のニーチェの感情なり思想なりの下に最終的に仕上げられたであろうことは想像できる。つまり、一つはそれまでの彼の作品がこの詩集に凝縮されていること、もう一つは翌年ニーチェの最後の年に仕上げられる作品の萌芽が既にこの詩集に懐胎されていると考えることが許されよう。ということはこの詩集がニーチェの全精神全思想を凝縮した極めて重要な作品であると言えるであろう。できるだけニーチェ自身の言葉でこれら詩一つ一つに評釈を加えることは意義深いものと考えた。

ゲーテに寄す

不滅なることこそ
ただ御身の比喩ならん！
神　いかがわしきものよ
汝こそ詩人に取り入りしものならん……

世界の車輪　転がるものよ
汝　目標の上に目標をかぶせる──
恨みもつもの　そを艱難と呼び
阿呆は遊戯と呼ぶ……

世界の遊戯　主人たるものよ

汝　実在と虚構とを混ぜ合わす――
永遠の阿呆は
われらをごちゃ混ぜにする！……

評

《ゲーテとハーフェズ》

ゲーテを称える文言が『人間的な、あまりに人間的な』の随所に現れてくる。ゲーテに対するニーチェの評価は極めて高く、生涯畏敬の念を抱いていた。こんな件に集約されるであろう。《ゲーテは、どの点から見ても、ドイツ人を超えていたし、また今でも超えている。彼は決してドイツ人には所属することはないだろう。又如何なる国民が、幸福と好意に満ちたゲーテの精神性の高みにまでかつて成長しえたことがあったろうか！》と。ドイツを外側から眺めていたニーチェにしか言えなかった言葉であろうか。そしてその理由は後に出版された『道徳の系譜学』（一八八七年刊行）の次の一節に明白に語られている。《ゲーテやハーフェズのようなこよなく繊細で明朗な人達はその上、そこに一層の生の興奮をすら見たのである》とあるが、ここで「そこに」とあるのは前文にある「《獣と天使》の間の均衡の不安定性」のことで、禁欲主義者は「貞潔と官能」との間に必然的な対立を見るが、ニーチェはゲーテと共に、この対立を見るべきでなく、その間の不安定な関係こそ生そのものという立場を取ったのである。つまり、自然に対する尊崇の念を持っていた。

ニーチェは『人間的な、あまりに人間的な』＃一一一の中でこう言っている――《我々はみなゲーテと共に自然が現代人の魂を和らげてくれることを認めている》と。自然とは山河のことではない、人間も自然の産物なのである。そしてこうも言っている。《宗教的祭祀の意義は自然を人間の利益になるように命じ呪縛することである。つまり、自然が、初めから持っていないものを合法的なものとしてその宗教的祭祀に押し付けるのである》と。ニーチェもゲーテと同じように現実主義者である。そして何より生の充溢を謳う人間主義（宗教や無用な倫理観によって矮小化された当時の人間社会――特にドイツの――から、自然から生を受けた本来あるべき人間世界への回帰）の立場である。生の充溢を謳歌した古代ギリシャ精神にゲーテとニーチェは共に共鳴し合ってはいたが、しかし、ディオニュソスに対する思いには温度差があったようだ。この芸術観は普遍性とも云わるべき精神で、狭いドイツ精神から脱却して、全人類共通にあるべき、つまり、人間そのものの根源に迫るべきであるとしていたのである。そう考える背景についてニーチェは《古代ギリシャでホメロスが神々の間でくつろいでいたのは彼が無信仰だったからであろう。また、ルネッサンスの偉大な芸術家達もそうであった。そして、シェイクスピアやゲーテも同様に神々にとらわれない自由さと無信仰を持っていた》と更に付け加えている（『人間的な、あまりに人間的な』＃一二五）。

この詩にある「不滅」という言葉こそニーチェのゲーテへの最大級の賛辞なのである。ところで、ニーチェがゲーテと共に賛美していたハーフェズとは何者か。ハーフェズは十四世紀ペルシャの抒情詩人で、愛や酒、自然などを詠った大詩人で、ゲーテも称えていた。ただ、ハーフェズとは「コーランの暗唱者」という尊称で、「ハーフェズ」とも「ハーフィス」とも「ハーフィズ」とも言う。本名はムハンマド・シャムス・エディーンとか云われているようである。ゲーテはその『西東詩集』の中の『ハーフィスの書』でハーフェズを称えている。先ず、ゲーテは何故ハーフェズが謹厳な回教徒であるのにあのような愛や酒の歌を詠んだのかと問い、ハーフェズに「自分の卑俗な日々の疎漏が謹厳な回教徒に触れられないようにコーランの暗唱者としてコーランを届けている」と答えさせている（生野幸吉訳『西東詩集』を参考にした）。そして、ゲーテは《……ハーフィスよ、あなたとこそ、あなたひとりとこそ　わたしは競いあいたい！　快楽《けらく》と苦痛は　われら双生の子らに共通であれ！　あなたのように愛すること、あなたのように酒めでること、それがわたしの誇り、わたしのいのちであってほしい。……》と詠んでハーフェズを称えている（生野幸吉訳による）。ハーフェズはニーチェも勿論高く評価したわけだが、下戸《げこ》のニーチェは、皮肉たっぷりに次のように詠っている。『ハーフェズに寄す――禁酒家の問い』と題する詩に

汝《なんじ》が汝《な》がために建てた居酒屋は
　如何なる家よりも大きい
汝が醸した酒は
　世界が飲み干せぬ程だ。
かつて不死鳥だった鳥が
　汝《な》が許に客になっている
山を生んだ鼠が
　ええと――それは殆ど汝自身というわけだ！
汝はなべてであり何物でもなく　居酒屋であり酒であり

不死鳥であり　山であり　鼠であり
永遠に汝《な》が中に落ち込み
永遠に汝より飛び出していく――
汝はなべての優越からの堕落であり
なべての見せかけの深度であり
なべての酔っぱらいの酩酊だ
――何のため　汝にとって何のため――酒は

ハーフェズの詩は大いに寓意を含んだ象徴詩で解釈に注意がいるというのが大方の見立てのようであるが、ニーチェも寓意を以てハーフェズに対峙しているのであろうが、その解釈は後にして、先ず、ニーチェが酒や宗教について評釈していることから始めてみよう。『人間的な、あまりに人間的な』の『宗教的生活』の章の冒頭に、人間は禍が降りかかったとき、二つの方法で対処するが、その一つはその原因を取り除くという対処、もう一つは感情の方を変化させて禍の苦痛を取り除くのであるとし、《宗教とすべての麻酔の芸術の支配権がより多く取り除かれれば除かれる程、人々はより強力に禍の正真な除去に目を向けることになる――このことは明らかに悲劇詩人にとっては悪い結果になる――無情な打ち勝ちがたき運命の帝国がますます狭くなるので悲劇の材料がますます少なくなるからだ――そして僧侶にとってはなお一層悪い結果になる。なぜなら、かれらはこれまで人間の運命を麻酔させて生きてきたからである》と。ここで「麻酔の芸術」とは二つの全く異なったものを指している。一つは酒神賛歌《ディテュランボス》（酒神ディオニュソスに捧げた神がかって踊り歌う合唱歌）、もうひとつは正しくその対照にあるワーグナー音楽（救済の音楽）を指しているのであろう。これらは後にやや詳しく触れることになるので、ここでは二つを麻酔の芸術の代表として掲げるだけにとどめておきたい。またこうも言っている。《キリスト教は破壊し、破砕し、麻痺させ、陶酔させようとする》と。ニーチェのキリスト教観は「キリスト教は人々の禍に対してその陰に神の恩寵を忍ばせて、陶酔の魔術を掛け、苦痛をあいまいにしながら、人々を神々の下での救済へと誘導するものである」というものである。彼は明確に言ってはいないが、陶酔という言葉を介して、麻酔的飲み物――つまりはアルコール――とキリスト教の効用は同じであると示唆しているのである。

ただ、酒の害について、自伝『この人を見よ』の中で、《後年、人生の半ばに差し掛かるにつれてあらゆる酒精類に対して明らかにより一層厳しく反対の立場をとった。……すべての精神的な人々に対して絶対にアルコール類を断念するようどんなに真剣に勧めても足りることはない。水で十分である……》とある。これは正しく下戸の言い分であろう。

呑み助には別の言い分もあろうが、ニーチェはやはり徹底的に下戸である。

最晩年の著作『アンチクリスト』では《私がキリスト教にこのように有罪の判決を下したからといって、信者の数さえもが基準以上であるような宗教に対して侮辱を加えているわけではない……》と。これは仏教にというより回教について言っているのであろう。次の件は回教へのメッセージである。《イスラム教がキリスト教を馬鹿にしていることは千倍もの正当性を持っている、なぜなら、イスラム教は男を前提にしているから……》と。

これらは下戸の本領発揮では勿論ないが（キリスト教の葡萄酒、片や、アルコールを一切禁じている回教）、各宗教の在り方について概観したものであろう。

ニーチェがキリスト教の陶酔効果と、アルコールとの関係を直接関連付けて述べた直截な件はないが（大体アルコールに対して理解を深める程飲んでいないのである）、ただ先の『人間的な、あまりに人間的な』中の文言から、宗教とアルコールとがその効用においては同等であるとニーチェが認識していたことは先に述べたとおりである。

彼は『悲劇の誕生』の中で《麻酔的飲料》という言葉を使って《麻酔的飲料の影響によって……ディオニュソス的興奮は目覚める》とあるのはアルコール飲料をも含んでの指摘であろう（確かに原初的にはそう言えるのであろうが、古代ギリシャ社会では最早そのような必要性を失ってディオニュソス祭は一つの古代文化として定着していた）。これらを総合すると、人々に陶酔をもたらすものには宗教、アルコールに代表される麻酔的飲料と麻酔の芸術の三種類ということになるが、生を肯定するものと生を否定するものとに分けることができよう（ニーチェの言い方でいえば、能動的ニヒリズムと受動的ニヒリズムとに分けられるのであろう）。宗教にもこの二種類があるという。キリスト教や仏教は虚無的宗教とニーチェは位置付けている、いわば受動的ニヒリズムと云わるべきではあるが、回教はむしろ同じ宗教でも生の肯定の宗教と考えたようだ。しかし、この『ハーフェズに寄す』の詩は宗教論までは進めたいとの意図は見えない。下戸ニーチェの酒に対する効用の無さ、無意味さを述べたに過ぎないように思える（勿論その先には宗教論を見据えていたことは確かではあっても）。

ニーチェのキリスト教に対する基本的な見立てはキリスト教が彼岸的道徳観に基づいて現実の生を弱めていることに最大の非難を行っていることである。その対極にあるのは回教ではなく、古代ギリシャ人の宗教観であって、これこそが人々に現実の苦悩を乗越えさせたのであるという。そしてそれがディオニュソス神への信仰であったとした。それに反して虚無的宗教の本質は単なる酩酊であり、その酩酊によって現実の生の苦を弱め、それを彼岸での楽で補償しようというものである。これは如何なる生であろうとも現実の生を弱めることであり、生の価値を貶めるのではないのかというのがニーチェの主張なのである。ディオニュソスについて『この人を見よ』の中で《最も阻害され最も過酷な中においても生を肯定すること、最高の典型的犠牲を払っても自己の無尽蔵の悦ばしい生への意志、これを私はディオニュソス的と呼ぶ、これこそ悲劇詩人の心理への橋渡しと理解した》と。耐え難い悲劇的運命から彼岸へ逃げ出すのではなく、それをディオニュソス的生の循環としてとらえ、悲劇的運命を受け入れていたのが古代ギリシャ悲劇時代だったというのであろう。

『人間的な、あまりに人間的な』『さまざまな意見と箴言』の章の中に《禁酒家いわく――さあ、君を生涯の長きに亘って楽しませてくれた酒を飲み続けたまえ――私が禁酒家でなければならぬことなど、君に何の関係があろう？　酒と水は、お互い非難し合うことなく暮らし合える平和な兄弟のような元素ではないのか？》とあり、ここに、『ハーフェズに寄す』の詩を解く鍵があろう。これは禁酒家が飲酒に同意を与えたということではなく、むしろ先の「水で十分である」ということなのではなかろうか。詩の作詩時期は不明ではあるが、レクラム文庫版のニーチェ詩集には一八八三年から八五年の間、いわゆる『ツアラトストラ』時代の作としている。この時期、過去の偉人に対して批判的な詩を幾つか作詩しているが、その中の一つにこの『ハーフェズに寄す』の詩がある。ここでは「居酒屋」「不死鳥」「山」「鼠」がキーワードである。「居酒屋」は酒で満たされたこの世を、「不死鳥」は飲酒の風習の永遠に途絶えぬ様を、「鼠」は飲酒代としての金銭を、「山」はその膨大に積み上がっていく金銭の山を、それぞれ表しているものと考えられる。そして最後の詩句でそのような飲酒の風習は結局のところ何も生まない空しいものではないのかと問うているように思える。

『悲劇の誕生』(一八七二年刊)の冒頭部分には《芸術の発展は、アポロ的なものとディオニュソス的なものという二重性に結びついている》とあり、「アポロ的」の特徴は個別化、造形的、夢幻の美などで、それに対して「ディオニュソス的」とは陶酔による個体の破壊、非造形的などである。そして《このディオニュソス的なものは陶酔という現象から類推すれば、われわれにきわめて身近なものであることが分かる。原始的な人間や民族のすべてが賛歌のなかで語っている麻酔的飲料の影響によって、あるいは全自然を歓喜でみたす力強い春の訪れに際して、あのディオニュソス的興奮は目覚める。それが高まるとき、主観的なものは消え失せて、完全なる忘我の状態となるのだ》と。個別化によって、出現した苦悩を陶酔によって、個別化を解放して、苦悩を止揚するというのである。《この非常に違った二つの衝動は、たがいに並行して進んでいき、殆ど公然と反目し、おたがいが刺激になって、この対立の戦いが永続するように、それぞれ新しい力強く魅力的な生成を続けていく。このような闘争を続けるうちにこの対立は、やがて「芸術」という共通のことばで見かけ上橋渡しされるようになるのだ。そしてついにこれらはギリシャ的「意志」の形而上学的奇跡によってたがいに結ばれていくように思われる。この結婚によって、二つの衝動はアッティカ悲劇という、ディオニュソス的であると同時にアポロ的でもある芸術品を生み出すことになるのである》と悲劇の誕生を考察している。ここで、「ディオニュソス的陶酔」と「飲酒による陶酔」とどこが違うのかとの疑問が生まれよう。ニーチェは先の『ハーフェズに寄す』の詩で飲酒は何ももたらさないと断罪した。ディオニュソス的陶酔についてニーチェは『悲劇の誕生』の中でこう説明している。《世界意志のあり余る程の多産性に接する瞬間に我々は苦悩の針に突き刺され、計り知れない程の現存在の快感とディオニュソス的恍惚のうちにこの快感の永遠性を予感するのである。勇気、恐怖、同情にとらわれても我々は幸福に生きる存在となるが、個体としてではなく、一つの生産物として、生殖の快感と溶け合うのである》と。ディオニュソス的陶酔へ導かれていくのは苦悩を麻痺させるのではなく、世界意志として永遠に繰り返されていく生産（生殖と言うべきであろうか）の循環というプロセスへ参加できるという喜びを味わえるからなのである。それが酒神賛歌《ディテュランボス》へ発展し、更にそこから古代ギリシャ悲劇が生まれるのである。個体として身の毛もよだつ打ち勝ちがたい運命に翻弄される悲劇を個体を破壊することによって、世界意志を体験する喜びに替えるのである。これは飲酒の楽しみとは次元の異なるものであって、単なる酩酊ではない。更には世界意志を永遠に繰り広げる生の循環と捉えれば、彼岸という考えも消失し、生を控えめにしようとする仏教もあり得ないことになる。ニーチェの最初の著作（単発的な学術論文を除けば）『悲劇の誕生』がその後のニーチェの思想の出発点になったとも言えるのである。

《神と詩人》

ここでの「詩人」はホメロスのことであり、「神」とはギリシャの神々――オリュンポスの神々のことである。単数であるのは「アポロン」一人を指すというより、押韻の関係で単数にしたのであろう。ゲーテとくれば、かの讃嘆止まぬ詩人としてホメロスが浮かび上がろう。ゲーテには『ホメロスはまたホメロスなり』という頌歌がある。『悲劇の誕生』に《ホメロス的「素朴性」は、アポロ的幻想の完全なる勝利としてのみ理解されるのである》とある。「アポロ的幻想」とは「オリュンポスの神々の世界」を、「素朴性」とは「夢の世界の虚構の美しさ」のことで、ここではホメロスが描き出したオリュンポス世界への賛辞と受け止められよう。

また、ニーチェは『人間的な、あまりに人間的な』第二部で《素朴な時代には、ある神は自分（詩人――訳者注）を通して語り、自分は敬虔な霊感のうちに創作しているのだと本当に信じ込んでしまう》と述べ、神が詩人を丸め込んでいると言うのである。またこうも言う。《人間の行為や運命を解き明かそうとするとき、詩人はまるで世界全体の網が紡ぎ出されるときに居合わせたかのように振舞う。その点において詩人は欺瞞者である》と。

《恨みと遊戯》

「世界の車輪」とは人類の歴史と言っても良いが、ここでは人生または生のことと見る方がよい。彼はギリシャ悲劇のことを思い描いているのだろう。例えば、『エディプス』でもよい。エディプスの父テーバイの王ライオスは神託を恐れて子を作ろうとしなかったが、ある日、酒に酔って妃と交わり子をなしてしまった。ライオスは神託を恐れて、子をキタイローンという深山に捨てさせた。赤子は牧人に拾われて、コリントスの領主ポリュボスに預けられ、その子として育てられた。足が傷（捨てる際の目印に付けたのか）で《腫れた足》となっていたので、エディプスと名づけられた。ある日、友人と競技をやって勝ったため、友人はやっかみで奴は捨て子であると言いふらされ、苦しみ、デルポイの神殿でアポロンの神託を受けた。その神託とは故郷に帰れば父を殺し母と交わることになるというものであった。エディプスはコリントスに帰ることをあきらめ放浪に出る。そして、テーバイに入ったが、テーバイではスフィンクスの謎かけで人々が苦しめられていた。そして、ライオスも行方不明となっており、スフィンクスの謎を解いたものをテーバイの王に迎え入れ、その后と娶わせようとのお触れが出されていた。エディプスは謎かけに挑戦し見事に謎を解いた。そして、エディプスはお触れ通りに王となり、妃を妻とし、二男二女を儲けた。しかし、その後疫病が流行り、その原因をアポロン宮に派遣して神託を伺わせたところ、先王ライオスが山中で殺害されたが、その犯人を探し出して、処罰することであると告げられた。その後、エディプスが山中で道争いの結果、ライオスを殺害したことが明らかになり、エディプスは、父を殺し母と交わった罪悪感に苦しみもう日の光は見たくないと両眼を突き刺して盲となるのである。一方の王妃も子と交わったことに苦しみ自害する。エディプスは義弟クレオンに王妃を丁重に埋葬し、自分を国外に追放するよう懇願して幕となるのである。

「目標の上に目標をかぶせる」とはエディプスの波乱万丈の人生を示唆しているのであろう。普通このような人生に対してはうらみを抱くであろう、そして、こんな悲壮な人生を普通は乗越えるのは困難だと叫ぶに違いない。

しかし、悲劇作家はそうでないと言う。そして、古代ギリシャの国民もそのような悲劇故に却って人生を楽しんだのだとニーチェは解説する。それが、「人生遊戯説」である。

ニーチェは『人間的な、あまりに人間的な』第一部で《ギリシャ人のあり余る程の情緒、鋭すぎる悟性をしばらく鎮めるためには、ホメロスの空想の軽快さや軽薄さが必要であった。ギリシャ人の悟性において語るとき、そのとき生はいかに過酷で残忍であることか！彼らは自分を欺くわけではないが、生を故意に嘘で包んで戯れるのである。シモニデスは自分の同国人に、生を遊戯とみなすことをすすめた、真面目さは彼らには苦痛であるとはよく知られたことだった（人間の悲惨は実に、神々が非常に好んできく歌のテーマである）》とある。シモニデスとは前五五六年頃から前四六八年頃のギリシャの抒情詩人で、酒神賛歌《ディテュランボス》をつくったが、わずかな断片しか遺されていない。また墓碑銘を集めた『シモニデス集』が遺されているが、真偽は不明とされている。

「阿呆」とは詩人のことである。右のホメロスやシモニデスの生に対する見方を見れば明らかである。

《実在と虚構》

「汝　実在と虚構とを混ぜ合わす――」とは人生は実在と虚構の入り混じったものという

のである。ここで「虚構」とは『悲劇の誕生』に《この夢の世界の美しい虚構》とあるように、「夢の世界」のことを言うのであろう。人生は現実の世界と夢の世界との混合物というわけである。そんな世界にホメロスやゲーテのような不滅の詩人達は我々をその中に放り込んでごちゃ混ぜにして、この世を悲喜こもごもの楽しい世界にしてくれるのだという。

詩人の自覚

最近のこと　自分を元気付けようと
木の下で休んでいたら
拍子とリズムを取りながら
カチカチと低く響く音が聞こえてきて心地よい気分となった。
しかし　直ぐに気分が悪くなって顔をしかめてしまった――
それでも　しまいには一人の詩人のように
そのチクタクに自分自身
大いに調子を合わせるようになってしまった。

このように詩を作るうちに
一音一音　自分に飛び跳ねてくるようになって

わたしは急に可笑しくなって吹き出してしまった
十五分も笑っていた。
お前は詩人なのかな？　お前は詩人なのかな？
そんなに頭が可笑しくなっていたのか？
《そうですとも　わが主よ　御身は詩人です》
きつつき鳥は肩をすくめた。

　わたしはこの薮で何を待ち焦がれているのか？
いや追剥のごとく誰かを待ち伏せしているのか？
箴言をか？　比喩をか？　その時突然
わたしの脚韻が後ろからサッと起き上がった。
詩人はただ　滑り込んで来るもの跳ね来るものを
正しく自分の詩句の中に嵌め込めばいいのだ。
《そうですとも　わが主よ　御身は詩人です》
　きつつき鳥は肩をすくめた。

脚韻は矢のようなものかと思う
小さい蜥蜴《とかげ》の急所に
矢が当たれば　奴はなんと
もじもじし　震えて　飛び跳ねる！
ああ　哀れな奴よ　そこでお前は死ぬ
いずれにせよ酔っ払いのようによろめくのだ！
《そうですとも　わが主よ　御身は詩人です》
きつつき鳥は肩をすくめた。

せかせかした歪んだ短い格言
酩酊した小言　何と心を急き立てることか！
それら含めて全部が一行ごとに
チクタク鎖にぶら下げられる。
ひどい奴もいるもんだ
これを――喜ぶのか？　詩人か――できの悪い？
《そうですとも　わが主よ　御身は詩人です》

きつつき鳥は肩をすくめた。
　鳥さんよ　汝　嘲笑しているのか？　冷やかしたいのか？
わたしの頭はもうとっくに可笑しくなっているんだから
心はもっと可笑しくなっていたんだろう？
わたしの憤激を気遣ってくれ
しかし　詩人なら――自分の憤激の中にさえ脚韻を
絡み付けるのさ　下手でも正確に。
《そうですとも　わが主よ　御身は詩人です》
きつつき鳥は肩をすくめた。

評

《影との対話》

一八七九年六月、バーゼル大学を退職して、正真の孤独の生活に入った。その孤独を紛らわすというより孤独のうちにむしろ社会に対して挑戦しようとの意欲に燃えていたのであろうか。その思いは前年辺りから強くなっていたのである。何度かの構想の練り直しを経て、一八七九年の秋口に『漂白者とその影』という影との対話を模した箴言集を纏め、翌年、『人間的な、あまりに人間的な』の第二版に『漂泊者とその影――第二であり最後の補遺』として出版された。ニーチェは自分の影との対話という形で、社会批判を果したのである。この詩も形式的にはキッツキという自分の影との対話の形態を取っているが、この影はうつろな同意者に過ぎず、漂泊者の影のようにはニーチェを積極的に論駁することはない。その理由は、次に述べるワーグナーへの一方的な攻撃を思い描いていたからではないだろうか。孤独なみじめさを微塵も感じさせないのはワーグナーに対して、完全に勝利したとの満足感に満ちていたからだろう。

《ワーグナーとの交遊とその終焉》

この詩全体は自虐的雰囲気のうちにもユーモラスに詩作へひたむきに立ち向かおうとしているニーチェを感じるが、第四連は他の連とは雰囲気が全く異なり、攻撃的で残虐性さえ感じる。全体が六連の構成ではあるが、漢詩の起承転結を思わせるような構成である。しかし、その驚くべきはその攻撃性である。尤も攻撃性はニーチェの特性である。本人自ら《攻撃することは私の本能に属しているのだ》と自伝『この人を見よ』に紹介しているくらいである。その攻撃の矛先は何だったのか。自伝ではこうも言っている。《可哀想な蜥蜴《とかげ》ちゃんをさっさと突き刺した若きギリシャの神の無慈悲さのようなものではなく、でも、それでもやっぱり風刺のようなもの、筆をもって……》と、自著『曙光』の出版意図について述べている。だから、この詩においてもニーチェの頭の中には自分をアポロンに見立てて強い侮蔑の念をもって蜥蜴と思われるものを筆で射ったと考えてもよいであろう。ここにニーチェなりの寓意が隠されているのである。そして、ニーチェの怒りの程も知られる。それは言葉遣いに現れている。卑劣な動物とみなされている「蜥蜴」を選んでいるだけでも強烈な侮蔑の感情を感じるその上に、この「蜥蜴」は原文ではLazerte（実際は格変化してLacerten = Lazerten）が使われている。更に、ご丁寧に修飾語がついているのである。つまり、「Lacerten-Leibchen」とある。「Leibchen」とは「Leib（からだ）」に「chen（小さい）」がついており、「コルセット」という意味もあるが、「小さいからだ」となり、従って二つを合わせると、「小さい蜥蜴」を意味していたのである。軽侮の念をことさら強調したかったのではなかろうか。しかも、「Lazerte」には「売春婦」という意味も持っている。これも注目点である。「小さい蜥蜴」には一般的に他のドイツ語「Eidechse」が使われる（『この人を見よ』の件にもこれが使われている）。

ここに至るまでの彼の著作は『悲劇の誕生』『反時代的考察』『人間的な、あまりに人間的な』である。これらに共通に取り上げられているテーマの一つはリヒアルト・ワーグナーであるが、ニーチェの心は揺れに揺れている。そして、この頃たどり着いたワーグナーへのニーチェの最終的な結論への入り口とこの連が結びつくように思える。そのことを彼の著作なり、身近にいたものの証言から推測してみるのは必ずしも無駄ではなかろう。

ニーチェがワーグナーに初めて会ったのは、ニーチェがまだライプチヒ大学の学生であった一八六八年の十一月八日の夕方のことだったようだ（エリーザベト・ニーチェ『若きニーチェ』——浅井眞男監訳)。たまたま、親戚を尋ねていたワーグナーに友人の紹介で会う機会が得られたのである。その頃、ニーチェは既にワーグナーの音楽に魅せられていた上に、ショーペンハウエルにも心酔していた。ワーグナーに会って、彼もショーペンハウエルのファンであることを知り、長いことふたりはショーペンハウエルの話題で親交を深めたと云われている。翌年、ニーチェがバーゼル大学の古典文献学の員外教授に迎えられ、バーゼルに移住すると、早速、ルッツェルン近郊のトリプシェンにワーグナーを訪ねて、更に親交を深めることになった。一八七二年、ワーグナーがバイロイトへ移るまでその関係は二十三回にも及んだが、しかし、ワーグナーがバイロイトへ移る頃にはふたりの間に隙間風が吹き始めるようになる。芸術手法の違いや思想的な食い違いにニーチェは腰を退くようになったのである。しかし、それにもかかわらずニーチェはワーグナーとの友情を終生忘れることはなく自伝『この人を見よ』には《トリプシェンで過ごした日々はどんなことがあっても自分の生涯から売り渡したくはない》とある。後年のことは後程触れるとして、先に挙げたニーチェの著作の中でワーグナーがどのように扱われていたかに着目して、この詩との関連を推察してみよう。

先ず『悲劇の誕生』の初版から見ていこう。この著作の副題は『音楽の精髄からの悲劇の誕生』(この副題の訳は秋山英夫に従った。ただし、一八八六年刊の最終版には、これは削除され、新たに『ギリシャ精神とペシミズム』となっている）とあり、『リヒアルト・ワーグナーに寄す序言』なるものが置かれている。その末尾は次のようにワーグナーへの一種の賛美と思しき文言で締めくくられている。

《私は芸術こそ人生の最高の課題であり、本来の形而上学的活動であると得心しております。……この私の考えに先駆ける卓越した戦士としてここにこの書物を捧げたいと思います方へ》と。ここには思想的にふたりが同じ路線（古代ギリシャ悲劇時代の芸術観への同調）を歩む師弟の関係にあることを示しており、ニーチェは完全にワーグナーに心酔していると見なされよう。それ程にふたりの関係は親密であり、だからこそ『悲劇の誕生』は執筆されたのである。日付は一八七一年末とある。そして本文にも《真摯に音楽を受け止めることのできるような音楽家達に次のような質問をぶつけてみたい。『トリスタンとイゾルデ』の第三幕を言葉や絵画の助けを借りずに、純粋に恐ろしいシンフォニーの一楽章として感じ取れるような人で、すべての魂の翼を痙攣するまでに拡げてもなお息つくことのできるような人を想像できるかどうかと。このように耳をあたかも世界意志の心室にあてがい、気の狂った欲求がとどろく大河となり、あるいはしぶきを上げるささやかな小川となり、ここから世界のすべての血管にそそぐのを感じ取れるような人は、ここでたちまちのうちに壊れてしまわないだろうか》とあり、これこそニーチェのワーグナー音楽（音楽のことは勿論、ニーチェはワーグナーが『トリスタンとイゾルデ』の物語を取り上げたことの方を重視していたことは間違いない――ギリシャ悲劇につながっているからである）への讃嘆の辞である。この頃、ふたりの関係はいわば蜜月にあったということであろう。

ニーチェの著作第二弾は『反時代的考察』であるが、その第四篇に『バイロイトにおけるワーグナー』（一八七六年刊）というのがある。一八七二年から一八七六年、ワーグナーがバイエルン王ルードウィッヒ二世の支援を受けて、自作を上演するための劇場、ワーグナー祝祭劇場の起工から竣工までのワーグナーへの賛辞の表明と見られる作品ではあるが、必ずしもそうではなく、理解に苦しむ極めて不思議な作品で、ここから、ニーチェがワーグナーから距離を置き始めていることを薄々感じ取られると思われる。それは冒頭の部分に既に始まっている。こうである。

《一つの出来事が偉大さを持つためには、二つが和合する必要がある。すなわち、事を起こそうとする側の偉大な意識とそれを体験する側の偉大な意識とが和合しなければならない。……だから、与えようとするものは自分の贈り物の意味に満足を与えられる受取人を傍観していなければならないのである……》とある。

これはどういうことか。ワーグナーとニーチェとの関係で言えば、ワーグナーのシンパを自認するニーチェはどうしてもこの偉大な創作者に対して、自分が偉大な体験者にならなくてはならないのである。或いは、そうは言っても、今やワーグナーに対して以前のように共鳴できないと激しく突き放すこともできるのである。ニーチェは内心ではふたりの意識が一致していないということを察していた。ワーグナーはニーチェの目指す方向とは別の所を目指している、トリプシェンで意気投合したギリシャ悲劇への回帰というふたりの熱い思いは既に薄れてきたことをニーチェは感じていたのであろう。しかし、祝祭劇場の建設に賛意を示していたが故に、あからさまには口に出せなかったように思う。あの時代はもう過ぎてしまったんだとニーチェは悩んだに違いない。祝祭劇場の建設はニーチェの助力にもかかわらず、資金が集まらず、頓挫したかのようであったが、最後はバイエルン王の支援で竣工することができた。八月一日試演を見たニーチェは失望して、チェコスロバキヤ（現チェコ共和国）との国境に近い保養地クリンゲンブルンへ逃げ出した。ワーグナーのシンパとしてはやはり初演を見に行かないわけにはいかず、再びバイロイトへ戻って、『ニューベルンゲンの指環』（『ラインの黄金』『ワルキューレ』『ジークフリート』『神々の黄昏』の四部作）の初演を聞いた。一八七六年八月中のことである。しかし、『バイロイトにおけるワーグナー』はそれ以前の七月十日に既に出版されて、ワーグナー夫妻へ送られていた。この著作の中で、ニーチェは偉大な体験者となって、ワーグナーの創作の秘密について事細かにしかも温かく論じていた。ワーグナーはニーチェが自分の創作の秘密に執拗に迫っていることに驚き、とにかく初演を見に来て御覧じよと返事したと妹は伝えている（エリーザベト・ニーチェの前掲著）。『バイロイトにおけるワーグナー』ではシンパとしてワーグナーを持ち上げてはいたのは半ば本心だったかもしれない。一抹の疑問符の入り混じるものだったであろうが。心中はとにかく複雑であったに違いない。試演に至るまでのワーグナーとの会話から不安を覚えていたことは間違いあるまい。そして、初演を聞いてワーグナーとの別れの近いことを確信したのである。失望をもう拭い去ることはできなくなっていた。人間界と神界との間の垣根が取り払われて、往来が自由になるということは一体どういうことかというのがニーチェの疑問だった。人間の生とは何か。悲劇があってこそ人生ではないのか、それでこそ、ディオニュソス的陶酔が必要なのではないのか、両界間の交流が可能であるとは彼岸を是認している、つまり、次の展開でワーグナーはキリスト教への回帰を目指し、ギリシャ悲劇と決別することになろうとニーチェは予感した。かつての『トリスタンとイゾルデ』のトリスタンの死に号泣するイゾルデの姿はどこへ消えてしまったのか。ブリュンヒルデがジークフリートの愛によって救われるところで止めることもなく、全てが世界の終末に向かって進むニヒリズムに一体芸術的意味があるのか。《芸術こそ人生の最高の課題であり、本来の形而上学的活動である》ことに納得していた筈の音楽家が何故変心したのであろうか。ワーグナーが芸術路線をニヒリズムの方向へと大きく動き出していることをもはや自分は止めることができない、ワーグナーへの失望以上に自分の無力を痛感したのである。そして、このニヒリズムの先に見えてくるのは、ニヒリズム克服のための神への信仰にあるに違いないとニーチェは直感した。後年、ニーチェは自伝『この人を見よ』の中で、この著作について《私の将来の一つのまぼろしだ》と述べているのは十年前を回想しての感慨、つまり今となっては一つのまぼろしに過ぎなかった、自分の著作から削除すべきであるとも受け取られよう。そのためにニーチェは一八八八年の秋口に『ワーグナーの場合』と『ニーチェ対ワーグナー』を著し、ワーグナーとの完全なる決別を宣言したのである。この時期は丁度『この人を見よ』の執筆と重なる。しかし、この時既にワーグナーはこの世にはいなかった（一八八三年二月十三日死去）。この二作については後程触れることになろう。

さて、『バイロイトにおけるワーグナー』の次に取り掛かったのが『人間的な、あまりに人間的な』であった。

バイロイトでの失望を抱きながら、ニーチェはバーゼルへ戻ってきたが、病苦がひどくなったため、バーゼル大学へ一年間の教授職休職の願いを出して、保養のためイタリアへと旅立っていった。一八七六年十月のことである。レマン湖の南東、アルプスへの入り口にあたるベーで病気療養をした後、パウル・レーやアルベルト・ブレンナー（ニーチェの学生、一八七八年没）と共にマルヴィーダ・フォン・マイゼンブーク嬢のソレントの別荘へ向かった。たまたま、この近くのホテル、ビクトリアにワーグナー家族が投宿していることを知り、ニーチェ達はマルヴィーダ嬢の別荘で会うことになったのである。更には、或る夕方のこと、ニーチェはワーグナーと海岸沿いを道々歩きながらワーグナーから『パルジファル』について話を聞いたという。エリーザベト・ニーチェは詳しくその情景について述べている（エリーザベト・ニーチェ著『孤独なるニーチェ』浅井眞男監訳）。《……まことに奇妙なことに、話は芸術上の計画としてではなく、キリスト教的＝宗教的な体験としての事柄に関するものだった。……後悔・贖罪というようなキリスト教的な感情と経験を、また、キリスト教のドクマへのありとあらゆる傾倒を表明し始めた》とある。この時ワーグナーは六十三を迎えようとしていた。数々の不義のような不名誉な事柄を重ねていたワーグナーにとっては彼岸を前にして神による（彼は無神論者であった筈だが）救済を必要としていたのであろう。『パルジファル』は最後の作品と考えていたのだろうか。ニーチェは驚嘆したのか黙って聞いていた。ニーチェが四部作の初演を見て直感したことが現実になろうとしていたのである。そんな憂鬱の中でニーチェは執筆を急いでいた。一八七八年一月三日、ワーグナーから『パルジファル』の台本が届いた。ニーチェはなんとか『人間的な、あまりに人間的な――自由精神のための書』第一部の出版を果たして五月三十日、二部に献詩を添えてワーグナーへ送った。

その献詩『リヒアルト・ワーグナーへ』は

我が師匠ご夫妻へ
喜びの心もて　ご挨拶申し上げ候
新吾児《にいあこ》の生まれしを
バーゼルより　自由の心持つ　フリードリッヒ。
ご夫妻がご感動のみ心もて
み手を吾子に差し伸べられ
父に似たるかご照覧下されんことを願い奉り候
――口髭を蓄えたるかまでは別にして――
はたまた二本足でか四つんばでか
世の中を駆けずり回らんとしたるかどうかも。
吾子山中にて光求めて滑り落ち
今生まれし子山羊のごと飛び跳ねんと欲せし

あたかも己が歩み　己が喜び　己が寵愛
己が名誉を求めんとしたるがごと
さもなくば隠者の隠れ屋と
森の動物を自らに選択するやも？
彼人生行路にあたって
教えんと願いしもの――そを喜べるもの少なからん
数にして十五人
自余には十字架と苦悶とはならん
最悪の姦計の防衛に
お師匠の心からなるお祝いの眼差しを賜らんことのみを！
始まりし旅の行く手へ
ご令閨様のご理解あるご恩寵を賜らんことのみを！

これは啖呵《たんか》なんていう生易しいものではなく、明らかな宣戦布告である。ニーチェはそれでよしと思ったのであろう。幸いワーグナーの方が先に台本を贈ってきた。その逆であれば、ニーチェとてこうまでは言えなかったであろう。勿論受け取ったワーグナーはニーチェの本を閉じたままどこかへ放ってしまったに違いない。ふたたびニーチェに言葉をかけることはなかった。

「新吾子」とは当然のことながら新著『人間的な、あまりに人間的な』のことで、「自由の心持つ」とは副題の『自由精神のための書』を指している。ニーチェはこの書がワーグナーによって読まれるとは考えてはいなかったので、ご丁寧に梗概とも受け取れるような献詩を添えたのである。「十字架と苦悶」はワーグナーへの当てつけである。これで十分過ぎる程十分だったが、はたから見れば、ややあからさま過ぎたであろう。「四つんば」「子山羊」（子羊ではない。サチュロスをイメージしてるのか）などニーチェの諧謔趣味の表れである。

ニーチェの言う自由精神とは何か、『この人を見よ』には《自由精神という言葉は、自分自身を再び所有することとなった自由になった精神という意味以外に使って欲しくない》とある。ここで重要なのは「再び」ということであろう。『人間的な、あまりに人間的な』には《自由精神の本質に属しているのは、より公平な見解を持つことではなく、むしろ、成否にかかわらず因習的なものから我身を解放することである》に対応しているのであるが、因習的なものとは当時の社会を支配していたキリスト教的道徳観を言うのである。そこから我身を解放して、もともとの自分自身を取り戻すことを「再び」と言ったのである。

ニーチェはこの本の中で芸術に関してもあからさまではないが、ワーグナーの芸術的偏向に対しても批判的である。

《ある種の形而上学的前提に立つならば、芸術が極めて一層大きい価値を持つことは事実である……芸術によって植え付けられた生の喜びの強度や多様性は芸術が消滅した後でもずっと満足を与え続けるのである》あるいは、もっと直截に《人が老いて、青春時代を思い出し、追憶の祭りを祝うように、人類はすぐさま感動せる青春時代の喜びとの関係において芸術を味方にするであろう。死の戯れが周りでちらちらうごめき見える今程、芸術がかくも深く、またかくも魂いっぱいにとらえられたことはおそらくいまだかつてなかったであろう》と。これらは世界の歴史を人間の一生に喩えた時代批判である。「青春時代」とは古代ギリシャのことで、「今」はいわゆるキリスト教的彼岸思想によって生が蝕まれ「死の戯れ」が世界にうごめいている現代を表している。そんな中で本来は芸術こそが生を肯定できる筈なのにワーグナーの芸術は生の喜びを否定して彼岸に逃げ込もうとしているると暗に批判していることは明らかである。そしてニーチェは『人間的な、あまりに人間的な』＃二二三を次のように締めくくるのである。

《日は既に沈んでいるが、我々の生の空は輝いている、もう既に日の光は見えないが》と。

これは『悲劇の誕生』の続編の様相である。《芸術こそ人生の最高の課題であり……》

をもう一度ワーグナー先生思い出してくださいよと言っているのではなかろうか。

ところで、ニーチェは『パルジファル』にどう反応したのであろうか。『パルジファル』はキリスト教の聖杯伝説を思わせるが、必ずしもそう単純ではなくワーグナー独自の宗教観に裏打ちされている厭世的な救済賛歌の作品でニーチェの言う芸術の効用からは程遠い。愚か者の童貞青年パルジファルが傷の痛みに耐えかね死を乞うアンフォルタス王を救い、呪われた女グンドリを救う。ニーチェはワーグナーのオペラは救済のオペラであり、誰でも彼でもワーグナーに救われるのがお決まりだと『ワーグナーの場合』の中で彼のそれぞれのオペラで救われる人物を挙げている。

作詩時期は明らかではないが、『リヒアルト・ワーグナーに寄す』という詩がある。レクラム文庫は一八八三年から八五年の間、マネッセ版では一八八二年から八六年の間の作とされているが、内容からして『パルジファル』に関するものであろうから、一八八二年の夏、『パルジファル』の初演が行われたその後であろうか。しかし、この年はルー・サロメ（ふたりの関係は後程触れることになるので、今は説明を省きたい）と深く関わり合って苦悩していた最中だったので初演を見に行く余裕はなかった筈で、確かにバイロイトへは行かずタウテンブルクにいた。作詩はこの年ではなかったことは間違いなかろう。となると台本だけを見ての感想だったのだろうか。ニーチェが『パルジファル』の音楽に初めて接するのは一八八七年のことである。

汝　なべての桎梏《しっこく》故にかくも病み
落ち着きもなき　不自由なる精神
常に勝利に輝き　されど束縛されたる
弥増しに吐き気催させ　苦しめる精神
はたまたついに　汝　香油より害毒をだに飲みぬ——
ああ　のみならず　汝　十字架の下に倒れ伏しぬ！
汝もまた！　汝もまた——征服されたるものなるぞ！

われ　この芝居の前に長く佇みて
監獄　痛恨　怨恨　墓の息つき
抹香臭き雲　教会の匂い　空間に漂うに
われ　異常なる　恐ろしき　不安覚えぬ。
われ　踊りながら空中に
鈴付き道化帽を投げぬ　われ　既に逃亡せしものなれば！

この「鈴付き道化帽を投げぬ」とはワーグナーのシンパとして振舞っていた自分をピエロに見立てて、もはや道化役はごめんだと言っているのである。

もっと直截的に『パルジファル』を批判した詩が『ニーチェ対ワーグナー』には『貞潔の使徒ワーグナー』なる表題で掲載されているが、同時にワーグナーから離れた理由も書かれている。

《一八七六年の夏、祝祭劇の最中に既に私はワーグナーからの別れを告げていた。私はいかがわしいことには耐えられなかった。ワーグナーがドイツへ来てから私の軽蔑するあらゆることに一歩一歩完全に身を落としていた――反ユダヤ主義にさえも――。実際その頃が別れの潮時だった。既にそれへの証拠を握っていたのだ。リヒアルト・ワーグナーは一見最高の成功者のように見えたが、実際は腐り切った忌々しいデカダンになっていた、彼は突然救いようもなく脆くもキリスト教の十字架の前に崩れ落ちたのである……》と回想している。そんな背景でこの『貞潔の使徒ワーグナー』を読むとその軽蔑の強さが伝わってくるのである。

――これがまだドイツ的？

これらの胸苦しい金切り声がドイツ的心情から来たと?
これらの自己を自らずたずたにすることがドイツ的肉体であると?
これらの坊主の手の拡げ方が
これらの抹香臭い官能刺激剤が　ドイツ的?
はたまた　これらのラッパ　これらの棍棒　これらの陶酔
これら砂糖で甘く仕立てたチリンチリンバンバンがドイツ的?
これら尼さんのウインクが　アヴェの大鐘小鐘の大合唱が
これら全く贋もののの有頂天の　天国の超天国が?……
——これがまだドイツ的?
吟味せえ!　やはりお前達は門口にいるのだ……
だから　お前達の聞くのはローマだ——
歌詞のないローマ信仰だ!

「ワーグナーがドイツに来てから」とはスイスのトリプシェンからバイロイトへ移住してからという意味で、祝祭オペラからの一連の活動がトリプシェン時代のギリシャ悲劇への回帰による生の喜びを謳う輝かしい作品群から堕落したというのであろう。『ニューベルンゲンの指環』の四部作に既にその偏向の兆しを見たニーチェがさらに『パルジファル』で決定的な決別を宣言したのである。ニーチェは更に論述する。これこそニーチェが生涯を賭して戦っていたテーマであった。

《如何なる芸術も如何なる哲学も、成長する生のあるいは下降する生の、健康回復の手段及び救出手段として見られることが評される。それは常に苦悩及び苦悩するものを前提とするのである。しかし、苦悩するものには二種類ある。一つは生の充溢に悩むもので、ディオニュソス的芸術を望み、同様に生に対して悲劇的な理解と展望を望むものである。——そしてその次は生を貧しくすることを患うもので、芸術や哲学から休息、安静、べた凪の海、しかも、陶酔、痙攣、麻痺を欲しがるもの達である。それ自体生への復讐である。——肉欲的方法による貧困者の陶酔である。……後者のこの二重の要求にワーグナーもショーペンハウエルも応じているのだ。——彼らは生を否定し、生を中傷し、そのことを以て彼らは私の対蹠者《たいせき》なのである》と。だから蜥蜴はやっつけられねばならなかったのである。

ニーチェは生涯三つの否定のために戦った。ワーグナー、ショーペンハウエルの二つを平らげて最後の一つに挑むのに時間はかからなかったが、それについては、後に譲ろう。

南方にて

曲がりくねった枝に寄り掛かって
わが倦怠を揺り動かしていると
一羽の鳥がやって来て
休むようにと巣の中に招じ入れてくれた。
一体どこにいるの？　ああ　はるか彼方！
　ああ　はるか彼方なんだな！

純白の海が死んだように横たわり
その上に緋色の帆が浮かんでいる。
岩　無花果の木　櫓それに港
周りに牧歌　羊の鳴き声――

南方の純朴の人よ　わたしを泊めてくれ！

ただ一歩また一歩だけじゃ――
　そこに生など何一つない
常に一歩一歩の行進じゃ　ドイツ的で重苦しい。
上へ持ち上げてよと風に頼んで
鳥と一緒に飛ぶことを学んだ――
海の上を南に向かって天翔けた。

　理性？　いやな仕事！
われらを余りにたやすく目的地へ連れていくが！
飛行しながら自分をからかっていたものを知った――
わたしは既に勇気と血潮と活力とを感じてる
新しい生　新しい遊戯への……

　ひとりで考えるのは賢いことと言うが

ひとりで歌うなんて――馬鹿ってことよ！
さあ　さあ　そこここにいる意地悪小鳥さん達よ
わたしの周りに輪になり静かに座って！
お前達を称える歌を聴いておくれ　さあ　集まって！

　こんなにも若く　こんなにも調子外れで
　こんなにも動き回るお前達よ
お前達が愛とあらゆる美しい慰みのために
創造されてきたようにわたしには
　本当にそう見えるではないか？
北方で――告白するのを逡巡するが――
わたしはひとりの女の子に恋をした――驚く程年の――
この老女こそ《真理》というものだった……

評

《詩の構成》

この詩は『メッシーナ牧歌』の最初に置かれており、題名は『フォーゲルフライ王子』となっているが、第六連は付いていていない。エリーザベト・ニーチェの前掲書『孤独なるニーチェ』には第二連と第三連が掲載されており、それによると、作詩時期はバーゼルを休職して、マルヴィーダ・フォン・マイゼンブークのソレントの別荘に落ち着いた一八七六年の十月末の頃の作のようである。この時その外の連が完成していたのかは不明であるが、多分この二連だけが当時作られたのではないだろうか。というのは南国の海に初めて接した感動が溢れんばかりに表現されているこの二連に比べて他の連は少し理屈っぽく響くからである。マルヴィーダ・フォン・マイゼンブーク（一八一六―一九〇三）とはドイツの女流作家でワーグナーの熱烈なシンパでもあった。この詩が作詩された頃には既に還暦を迎えていたかもしれない。ニーチェとは一八七二年、バイロイトでワーグナーのコジマ夫人からの紹介で知り合っていた。

さて、この詩の構成を見てみよう。全体で六連で、前半の三連と後半の三連では雰囲気が異なる。前半は抒情的で後半は理屈っぽく、ニーチェの批判精神丸出しというものである。そして、第一連は取って付けたようで、第二連との関連はしっくりしないが、冒頭の一行から見ると、後半へのつながりも考え合わせての序のようなつもりで後で作られたものと思われる。

この第一連では、なぜ遠い南国まで来たのかを説明したかったのであろう。ユーモアセンスでマルヴィーダを鳥に喩えてソレントの別荘へ招待されたといって、彼女に謝意を伝えたのである。「ああ　はるか彼方！」にはバイロイト、バーゼルという北方の彼方（つまりは病苦のという意を含んでいるのであろう）からやっと逃れてきたという安堵感が本音で聞こえてくる。しかし、第二連、第三連への橋渡しには少し無理があるようである。むしろ情趣たっぷりの第二連を正面に立てて、そこから抒情詩として始めたら全体はもっと素晴らしいものになっていたのではないだろうか。個人的な理由などなしに。しかし、第三連の「南に向かって天翔けた」は将来、まぢかのシシリー島のメッシーナへの滞在を夢見たのであろうか。ニーチェの頭の中にはこの時既に冬はこの南国で過ごそうという決意があったのかもしれない。

第四連は明らかにカントへの批判を述べている。第五連と第六連の前半は、ワーグナーの音楽に対する批判を言いたかったように思える。第六連後半は自分自身のこれまでを反省しての弁であろう。ここは「老女」と言ってもマルヴィーダとは何の関係もない。

《カント批判》

この第四連の《理性》とはカントのことを暗示しているのであろう。道徳実践は理性によって絶対的無条件的に命ぜられるもので、いわゆる定言的命法（それに対して、条件的命法を仮言的命法という）であるという。ニーチェがショーペンハウエルやワーグナーに対して執拗に批判を繰り返していたが、ニーチェは彼らに対してある種の畏敬のようなものを感じていたように思えるが、カントに対してはその様な気遣いはない。多分カントの論法があまりに荒唐無稽だったからだろうか。『悦ばしき知識』では《さてここで、私に定言的命法について言わないでくれ、親愛なる友よ。この言葉は私の耳をくすぐり、あなたにとっては真面目なことだろうが、老カントのことを思うと笑わざるを得ないんだ。彼は「物自体」（これが何ともお笑い草だが）を詐取して、その罰として「定言的命法」に忍び込まれて、それでもって心の中で「神」「魂」「自由」そして「不死」へと迷い込んでいったのだ。狐が自分の檻に迷い込んで帰ってくるように！》とある。遺稿集XV二八（一八八八年春）にも《結局、カントは無邪気にもこのような思想家の腐敗を「実践理性」という概念によって体系化しようと努めた。そして、彼は理性など関係ないところにわざわざ理性なるものを発明したのである》と。このカントの考えはニーチェの個々の生を尊重する自由精神とは真っ向から対立するものである。しかし、何が何でも定言的命法で人生乗り切れるのであれば、却って気楽だろう。が、しかし、そこには生きた生など存在できないのである。『アンチクリスト』には《道徳家としてのカントにひとこと申し上げる。徳というものは我々の発明でなければならない、我々の最も個人的な必需品であり正当防衛でなければならない――それ以外のいかなる意味においても徳は単なる一つの危険であるに過ぎない。我々の生の条件にならぬものは生を損なうだけである……即ち各人は自分自身の徳、自分自身の定言的命法を発明すべしということである》とある。また、ニーチェはこうも言っている。遺稿集X一一八（一八八七年秋）に《カントはギリシャ的なものを全く持たず、絶対的に反歴史的で道徳狂信家である》と。ニーチェはカントに対して憚れるような侮辱的な言葉を掛けている。「ケーニヒスバルクの偉大な支那人」「ケーニヒスベルク」はカントの出身地、「支那人」とは宦官のことだろうか。『この人を見よ』の中で宦官を軽蔑的に表現した箇所がある。

《ビゼーとワーグナー》

《私は昨日ビゼーの傑作を聞いた――あなた信じられますか――二十回目なんです。私はある種の柔和な敬虔な気持ちで再び持ちこたえた。再びその前から逃げ出すこともなかった。……こういう作品はなんと人を完成させてくれることか！　人自体が傑作になるのだ。――そして実際、私がカルメンを聞くたびに、一層哲学者になり、普段考えているより一層よい哲学者になるように思われる、非常に気長くなり、非常に幸福になり、非常にインド的になり、非常に耐久性が増えるようになる……》は『ワーグナーの場合』の書き出しである。そして、ビゼーとワーグナーの音楽の比較を始める。ビゼーの音楽は軽やかに、しなやかに、更に丁重さを以て出てくる。愛すべき音楽だとほめたのに対して、ワーグナーの音楽は獣的で、技巧的で、しかも無邪気である……ニーチェはワーグナー音楽をシロッコとたとえ汗まみれになると言う。ビゼーの音楽は音楽におけるクラゲ、つまりは「無限旋律」とは反対のものだと言う。「無限旋律」とは段落なく続いてゆく旋律のことで、ワーグナー音楽の特徴の一つである。

《「良いものは軽やかで、すべて神的なものは繊細な足で走る」、これが私の美学の第一命題である》と。また後の遺稿集XⅥ〔三七〕（一八八八年春―夏）には《ワーグナーは重い、非常に重い、だから、天才ではないのか？》ともある。

小鳥達のさえずりがビゼーの音楽を思わせるように華憐に響いたのであろうか。しかし、ビゼーのカルメン初演は一八七五年の三月であったから、第五連の作詩時期は第二連第三連の作詩時期よりだいぶ遅れていたかと考えられよう。

《老女》

「老女」と言い、「真理」と言ったのはニーチェの専攻してきた「古典文献学」のことを卑下して言ったものであろうか。ニーチェは一八六四年国立プフォルタギムナジウムを卒業し、ボン大学へ進学するが、一年後恩師のリッチェル教授の後を追い掛け、ライプチヒ大学に転学した。ここで、ギリシャ古典の勉学に励み、リッチェル教授の推薦で一八六九年バーゼル大学の古典文献学の員外教授として迎えられて十年教授の教職を果たした。しかし、それだけだったのだろうか。彼が哲学科の教授に興味を持ったことにも関係あるかもしれない。この「真理」（Wahrheit）という言葉には哲学的な用法があるからだ。そして、何故「老女」なのか？　「老女」はディオニュソス的循環の枠の外にあるからなのだ。『ツアラトストラ』第一部（一八八三年二月出版）に『老女と若き女』という章があり、その中で《すべての女には一つの解決策がある、それは妊娠である》とある。即物的な物言いではあるが、「古典文献学」をもし続けておれば、現在のように著作は生まれ得なかったということなのだろう。ここにニーチェの自信と矜持の程が知られよう。第六連が『メッシーナ牧歌』にないことは一八八二年以後の、しかも近い時期の作ではあろうが、ニーチェに悪いがちょっと蛇足のように響く。言われなくっても分かることだ。

信心深いベッパ

私の身体の美しさがこんなにも長く続いておりますので
私の信心もずっと報われているのです。
神様は女の子を愛するそうです
おまけに可愛らしさがあれば尚のことのようです。
神様は多くの小坊主様と同様
あの哀れな小坊主様にも
きっと快くお許しになるでしょう
私の許に喜んでいたいということを。

白髪の教父様などではございません！
いえいえ　若くて　しょっちゅう赤ら顔して

ひどい気難し屋なのに
嫉妬心と欲心は見え見えなの。
私は老人というものは好きではありません
神様も老女というものがお好きではないのです――
神様が不思議にもご賢明にも
このようにお整いになられたなんて！

　教会というものは生きる術を知っておりますの
教会は心と目つきを吟味しますわ。
常に教会は私をお許しになられます――
そうですとも　誰が私を許さないことなどありましょうよ！
人は小さい口して囁き
膝を屈めお辞儀をしてから外へ出ます
新しい小さな罪を着て
古い罪は抹消されるのです。

地上はなんとありがたいことですわ
可愛い少女をお愛しになられて
人の心の病などを
喜んでお赦しになられて。
私の身体の美しさがこんなにも長く続いておりますので
私の信心もずっと報われているのです――
年老いてよろよろするような女になりましたら
悪魔が結婚相手になってくれるでしょう！

評

《神　教会　僧侶　信者》

この詩でニーチェは何を言おうとしていたのだろうか、自伝の中で《私はキリスト教と戦争している》と言っているが、彼は古代ギリシャと関わって以来、ずっとそうしている。だからこの詩もそのような背景で作られていることは間違いない。キリスト教世界は古代ギリシャ世界とは真逆のものとニーチェには映っていた。自伝の中で自著『悲劇の誕生』を振り返って《キリスト教はアポロ的でもディオニュソス的でもなく、一切の美的価値――『悲劇の誕生』が唯一称賛する価値をも否定している。ディオニュソス的象徴において肯定の最高限度が達成されているのに、キリスト教は最も深い意味において虚無的である》と。『人間的な、あまりに人間的な』＃一一四の中では《ギリシャ人はホメロスの神々を自分達の主人としても、自分達を彼らの下の奴隷とも見ていなかった。ここがユダヤ人とは違う……キリスト教はそれに反し、人間を完全に抑圧し、破壊しあたかも泥の中へと沈めてしまった……またキリスト教は破壊し、破砕し、麻痺させ、陶酔させようとしているが、ただひとつ適度というものを欲してない――だから、キリスト教は最も深い意味においで野蛮であり、アジア的であり、卑賤であり、非ギリシャ的である》と。更に同＃一四一では《古代世界において華麗な祭式を通して生の喜びを増大させるために精神や発明の才の測りがたい力が使われたように、キリスト教時代においても計り知れない程の多量な精神がほかの企図のために使われた、そのため人間はあらゆる仕方で罪深いものと感じ、それによって結局興奮させられ、活気づけられ、鼓舞されなければならなかったのである》

と。当然のことながら『アンチクリスト』では更に辛辣である。《人はキリスト教に衣裳を着せて飾り立ててはならない。キリスト教はこのより高き人間に対して死に物狂いの戦いをしてきたのである。人間の特徴であるところのあらゆる根本本能を追放してきたし、この本能から悪なるもの、悪人なるものを蒸留してきた――すなわち強きものは典型的に排斥されるもの、無頼の輩として追放されたのである。キリスト教は全ての弱きもの、下賤なもの、出来損ないらを味方につけてきた。強い生命の保存本能に対する対抗処置として一つの理想を作り上げたのである。つまり、キリスト教は精神性の最高の価値を罪深いもの、人を迷わすもの、誘惑と感じるように教え込んで、精神的に最も強い天性の人達の理性自体を台無しにしてきたのである》と。ニーチェはキリスト教は弱きものの強きものへのルサンチマン（怨念）によって作り上げられたとしている。

「信心深い」というのはニーチェの皮肉である。ベッパはこのように罪を一生背負《しょ》わされているのである。「神は悔い改めるものを許したまう」が信者をつなぎとめる最高の殺し文句になるとニーチェは言う。そして、ここに僧侶の権力が発生するのである。ニーチェは言う。《分かり易く言えば僧侶に屈服するものを（許したまうのだ）》（『アンチクリスト』#二六）と。何故このように僧侶は権力を持ったのか。それは「彼岸」を発明したからだと言う。また、同#三八には《僧侶や教会のあの恐ろしい発明品が何に役立って、何に使われたのか、それによって見るも恐ろしい人間の自己汚辱という状態を作り出している、その発明品とは「彼岸」「最後の審判」「霊魂の不滅」「霊魂そのもの」という概念なのだ。それは拷問具であり、僧侶が支配者となり、支配者に留まることのできる残酷なシステムなのだ》とある。

ベッパのような少女がこのように手もなく僧侶に完全に操られても不思議ではない。しかし、ベッパは自分の若さ、美しさ、可愛さを買われていると思い込んでいるが、実は常に罪を着せられながら操られているのである。

ここでニーチェは「僧侶（Priester）」ではなく「教父（Kirchenvater）」という言葉を使っている。勿論押韻を意識してのこともあろうが、洗礼を施した司祭であるから、ベッパにとっては正しく父親代わりであるから教父は最もふさわしかろう。英語で言えばゴッドファーザーである。尚のことこの教父だからこそ容易にベッパには麻酔をかけられるのである。しかし、「白髪の教父様」などではないと言う。これもニーチェの皮肉である。僧侶達が若死にしているわけではない。「赤ら顔」で目をぎらつかせていなければ支配者としての権威を失ってしまうのである。「嫉妬心」も「欲心」も「生きる術」も支配者たる属性である。ニーチェは皮肉たっぷりに比喩的に《僧侶なるものはビフテキの大食らい漢なのだ》と（『アンチクリスト』＃二六）。

『人間的な、あまりに人間的な』#一四一の中でキリスト教の聖者に対して極めて厳しく追及している。《苦行者や聖者が尚どうしても生というものを耐え得るもの、慰みになるものにするための一般的な手段は時々の戦争と勝敗の入れ替わりである。そのために彼はひとりの敵を必要とするのである。その敵をいわゆる「内面の悪魔」の中に見出すのである。自分の生を絶え間ない戦闘とみなし、自分をその善悪の霊が勝ったり負けたりしながら進む戦場とみなしうるために、特に彼は虚栄心、名誉欲、支配欲、それから肉欲をも利用するのである。ご承知のように肉欲的想像は規則的な性行為によって緩和されるだけでなく殆ど抑止されるが、反対に性行為の不規則性や節制によって却って鎖を解かれいやらしくなる。多くのキリスト教の聖者達の想像は尋常でない程に汚らわしいのである……》と。つまり、禁欲者や聖者と言われるものは、「したい」「してはならない」という葛藤を心の中に常に抱いている。だから、心は常に戦場と化していると言うのである。その源泉が「虚栄心、名誉欲、支配欲、肉欲」であり、特に「肉欲」への願望によって生ずる妄想は並々ならぬ程汚らわしいと言うのであろう。これらは、自然に反しようとするところから発生するのである。従って、自然に反して生きていかざるを得ない僧侶は生涯心の中に戦場を抱えており、そのために「赤ら顔」(争いと欲望のため)で過ごさざるを得ないとニーチェは断じているのである。

最後の連の「悪魔」についてニーチェは『善悪の彼岸』の中で《すべての神とは誠実という名において、聖化され、改名された悪魔であったのではないか》とあることと関係しているのであろう。決して彼岸などあり得ないということなのである。哀れなベッパ！

不可思議溢るる小舟

寝静まりし昨夜のこと
息つく溜息のごと
かすかにも風は裏街駆け抜け行きぬ
しとねさえ安らぎ与えず
芥子《けし》玉さえもなお　その上
深き眠り生む——善なる良心さえも。

ついに眠るを捨て
浜辺へと走り行きぬ
月の光　明けらけくも柔らかに——
温かき砂の上に　男一人小舟一艘

羊と羊飼いのごと二つとも眠たげに——
やがて小舟物憂げに岸離れぬ。

　一時間　はや二時間
否　一年なりしや？——と突然に
わが意識　記憶ともに千篇一律の中に
沈みし
果てしなき奈落は
口開き——万事は休す！

——朝は来ぬ——暗き深淵に
小舟は留まれり　静に憩いて……
何事か起こりしや？　声掛けし　繰り返し
際限なく——何事かありしや？　男は？
何事もなし！　われら眠りぬ　眠り続けぬ
全ては　ああ　事もなし！　事もなし！

評

《弱者の彼岸》

表題のごとく何とも不可思議な詩である。シャヴァンヌの『貧しき漁夫』を彷彿とさせよう。オルセー美術館所蔵の絵の右半分を覆ってみるとこの詩に重なるようである。しかし、ニーチェがこの絵を見たとは考えにくい。シャヴァンヌがこの絵を制作したのは一八八一年であったが、パリで展示され、題材とマチエールの独創性に絶賛を浴びたが、あまりの奇抜さからその後六年間も公開されなかったようであるのでニーチェの目に留まることはなかっただろう。

しかし、ニーチェがシャヴァンヌを見ていようが、見ていまいが、そんなことはどうでもよいことなのだ。ニーチェの思いは実はシャヴァンヌとは真逆であった。ニーチェ得意のカリカチュアで詩を飾っているのだ。この漁夫こそ元漁師シモンことペテロなのである。彼はキリストから天国の鍵を預かって、天国に召されるものを選別していた。この詩は第二連と第四蓮が主体で、何か、カール・ブッセの『山のあなた』を思わせるが、勿論ニーチェは知らない。

ペテロは天国へ行きたいと真夜中、人に気づかれないようにと秘かに此岸を離れて彼岸へ向かった。しかしだ！　彼岸など何処にもなかった。空しくペテロは《涙さしぐみ》（上田敏訳）此岸へ戻ってきた。彼の姿はない。絶望の余り身を潜めるしかないのである。

ニーチェは彼岸に対して『道徳の系譜学』の中で辛辣に述べている。『道徳の系譜学』の第一論文には詳細に論じられているが、抜粋すれば《……抑圧されたもの、下賤に踏みつけられたもの、暴力を加えられたもの達は、無力なるが故に貪欲なる姦計を企て「我々は悪人とは別物に、つまりは善人になろう！　そして善人というものは暴力を加えないもの、誰も傷つけないもの、攻撃しないもの、復讐しないもの、懲罰を神に任せるもの、我々のように隠れて生きているもの、あらゆる悪から離れ、総じて人生に対して多くを求めないもの、我々のように我慢強いもの、従順なもの、公正なもののことだ」と言って自らを慰めるのだ……「我々弱者は、要するに弱いんだ。何もしないことはよいことだ。それだけの強さがないのだから」》と。これこそ弱者の強者へのルサンチマンであり、神が創造される原理なのである。

ニーチェは更に続ける。《……何への信仰？　何への愛？　何への希望？――これら弱者――彼らだって、いつかは強者になりたいのだ。それは全く疑う余地がない。いつかは彼らの「王国」もやって来るべきである。先に言ったように彼らにとっては「神の国」と呼ばれるのである。彼らは全くもってみな従順だ！　その国に遭遇するためだけに、人は死を超えて長生きする必要があるのだ――「信仰において、愛において、希望においての」この世の生の罪を「神の国」において永遠に償うために人は永遠の生が必要なのだ》と。

全く恐ろしい話である。人間は罪深いと教えられているから、この世でもあの世でも戦々恐々としていなければならないということだろうか。その罪を審判して合格したものにだけ天国の扉を開けてやるのだ。しかし、ペテロは空しく帰ってきた。いくら航海しても自らさえ天国に行き着かなったのである。ニーチェの皮肉であろう。しかし、後にはもっと辛辣である。『アンチクリスト』には《――ペトロやパウロ達に許されていた「不死」は今まで高貴な人間達への最大の、最も悪意に満ちた暗殺計画であった……》と。

愛の告白——その時　しかし　詩人は穴に落ちた

おお　不思議！　御身はまだ飛んでいるのですか？
高く上がる　羽根は休んでいるというのに？
だが　一体何が御身を持ち上げ支えているのですか？
御身の目的地は　動機は　手綱は一体何なのですか？

星や永遠と同じように
御身は生の見捨てる高みに今生きています
人の羨む心に同情すらしながらです——
御身は高く飛んだんです
ただ浮かんでいるとしか見えないんですが！

おお　アホウドリさんよ！
絶え間のない衝動が私をその高みにまで急き立てるんです。
御身を思って涙がとめどなく流れました
そうですとも――私御身を愛しているんです！

評

《ニーチェのロマンチシズム》

中年男がアホウドリに恋をするなんて、少し珍妙に思えるが、ニーチェは少年期から自分の作詩の中に鳥を招じ入れていた。例えば、ヒバリや小夜啼き鳥《ナイチンゲール》、禿鷹、フクロウなどニーチェにとって鳥は自由精神の体現者と映ったのである。この詩集にその反対の不自由を示すフォーゲルフライと銘打ったのは不自由精神の国北国から自分の自由精神故に追放されたとの思いがあったからであろう。しかし、彼は南国の島の自由さに北国にない自由さを感じ、気分は大いに高揚していたのである。これこそが自由精神だと。そう思わせたのは何よりも南国が与えてくれた健康にあったことは疑いない。一方で、ニーチェは詩の中の鳥に一つの寓意を与えていた。例えば、鷲には矜持を、そして智慧の蛇を添え、禿鷹は強者を、それに弱者の子羊を添え、フクロウにはヘーゲルを添えた。アホウドリの場合は何だろうか。ニーチェはシシリー島の浜辺で空を見上げているうちに、大空に悠然と浮かぶアホウドリを発見したのであろう。ニーチェにとっては初体験であった。少年の頃憧れた鳥を久しぶりに発見したのである。しかも、その鳥は初めて見る翼幅二メートルもあるアホウドリであった（彼らは海と空では王者であったが、陸では無力であった。羽根が美しいが故に補殺されて日本では絶滅に瀕していたが、鳥類学者長谷川博氏らの努力の甲斐あって、現在個体数は回復しつつある。「アホウ」は「阿呆」である、この蔑称を古名の「オキノタユウ」に改称すべきと長谷川博氏は提案されている）。ニーチェは天空を行くものには夫々の使命があると畏敬の念を抱いていた。『悦ばしき知識』には『星のモラル』という詩がある。

定めの軌道を経めぐる星よ
闇などお前に何のかかわりがあろうか？

歓喜しながら行け　いつまでもだ！
現世の不幸などお前には関係ない！

お前の光は最遠の世界にこそ必要なのだ！
ただし同情は禁物！

純粋であれ──これがお前への唯一の命令だ！

『ツアラトストラ』の冒頭部分には《……ある朝彼は曙光と共に起き、太陽の前に歩み出て、太陽に向かってこう述べた。
「汝、偉大なる天体よ、もし、汝に照らすものなければ、一体汝の幸福というものはどの辺にあるのか」と……》また、『日の出前』という別の章では、
《なぜなら万物は永遠の泉のほとりで、そして善悪の彼岸にて洗礼を受けるが、結局善と悪は中間の陰りとなりじめじめした悲哀となり行き雲となるしかないのだ。
確かに私が教えたようにそれは祝福にこそなれど冒涜にはならない。「万物の頭上には

偶然の空があり、無邪気な空があり、無計画の空があり、放縦の空があるのだ」。

「無計画」とはこの世の最も由緒ある貴族のことであり、私はそれを万物の上に引き上げ、目的というものの許にあった奴隷から救出したのである》と。この「目的」とはキリスト教の《この世の生の罪を「神の国」において永遠に償う》という目的のことである。

ニーチェは生を貶める彼岸道徳から生を解放して、生を自由精神溢れる大空へと引き上げようとしていた。天高く飛翔する鳥に生を預けようとしていたのではなかったろうか。

更に『ツアラトストラ』第三部『新旧の比較表』#二二の中に《ただ鳥類のみが人間の上にいる。そして、もし人間が飛翔することを学べれば、ああ！　人間の狩の喜びはいずれの方角へも飛翔していくだろう！》と。

そして、同第三部『七つの封印』#七の詩には

——かくて鳥の知恵はかく申す——

《見よ　上も　下もなきを！

自らを投げ散らせ！　投げ出せ！　投げ返せ！　汝　軽きものよ！

歌え！　もう何も喋るな！

なべての言葉は重きものの作り物に過ぎぬのではないのか？
軽きものにはなべての言葉は嘘に過ぎぬ！
歌え！　もう何も喋るな！》と――

「喋るな」とは何を喋るなと言うのか。明らかに神や彼岸道徳や善悪の基準についてである。鳥にはそのような了見はない。囀り続ける喜びがあるのみというのであろうか。正しく鳥は善悪の彼岸に住んでいるとニーチェは見做していたのだろう。夢中でアホウドリを追い掛けている内に穴に落ちてしまった！　ここに彼の諧謔趣味が見える。

テオクリトス風の山羊飼の歌

俺はここに横たわっている　腹の病気でな――
南京虫に食われながら。
向こうではなおも光とざわめきが！
奴らが踊っているのが俺には聞こえるんだ……

彼女この時間を狙って俺に
こっそり忍び寄りたかった筈なのに。
俺は犬のようにお預けだが――
気配などありもしない。

十字架に誓って約束したのか？

彼女が嘘つくなんてどうしてできたのか？
――あるいは　俺の山羊のように
誰彼となく男の尻追いかけたのか？

　彼女の絹の上着は誰からもらったのか？――
ああ　俺の誇りが？
この薮には
まだ多くの雄山羊がいるということか？

　――好きな人を待つとはこんなにも落ち着かず
恨みがましくなってしまうのか！
こんな鬱陶しい夜には
庭に毒きのこが生えるのさ。

　大病のように
愛は俺を衰弱させる――

俺は殆ど何も食べられないんだ。
さよなら！　お前ら玉葱どもめ！

　月は既に海に没した
全ての星も物憂げに
やがて夜明けがぼんやりやって来る――
俺は死んだ方がよさそうだ。

評

《サロメ事件》

これは正しく失恋の歌である。その前にテオクリトスについて語ろう。
テオクリトス（BC310?―BC250?）とはシシリー島生まれのギリシャヘレニズム時代

の牧歌詩人の名である。牧歌とはテオクリトスが故郷シシリー島での少年時代を回想して田園と当地に伝わる羊飼の民謡を歌ったのがその始まりと言われている。テオクリトスはチュルシスという羊飼として登場する。最初の歌は感動的である。山羊飼との友情を謳った後、シシリー島に伝わるダフニスの死という民謡を挟んで、自然の生き物との交流を謳い上げる田園賛歌の美しい詩である。その外、羊飼の恋歌、少年愛の歌、失恋の歌など多く遺し、牧歌というジャンルを次世代へと継承させたのである。ニーチェ自身テオクリトスを高く評価している。『人間的な、あまりに人間的な』の第二部には《ホメロス、ソフォクレス、テオクリトス、カルデロン、ラシーヌ、ゲーテから賢明なそして調和のとれた生活態度からの氾濫のように溢れ出てくるような芸術――これこそが我々自身がより賢明にしてより調和のとれた時に我々がついに到達し得られる権利である》とある。これこそテオクリトスへの最高の誉め言葉である。

しかし、このニーチェの詩はテオクリトス風とはいえひどく湿っぽく牧歌とは言いがたいかもしれない。ニーチェの不断の威勢良さからするとあまりに厭世的でニーチェ的とは言いがたいであろう。ニーチェのフィクションさと簡単に片づけるのはどうだろうか。この時彼は世に警鐘を鳴らすことに心血を注いでいたわけなのだから、そんな酔狂なフィクションを作る程余裕はなかった筈である。しかも、彼は案外のロマンチシストだったことを考えると、自らの心中を吐露したと考える方が妥当なように思える。多分、彼が直面した重大問題を打ち明けたのではなかったろうか。そして、ニーチェを語るに際してどうしても通り過ぎることのできない事件に思い当たるのである。

一八八二年四月二十三日頃、ニーチェはローマで男爵令嬢マルヴィーダ・フォン・マイゼンブーク嬢から紹介されたあるロシア貴族の娘に会うのである。父はフランス系プロテスタント、母は北ドイツ出身で、父はロシアの将軍を務めていた。名をルー・フォン・サロメといった。なかなかな才媛であった。一八七九年父の死後母とチューリッヒに出てきて、当時は珍しく、女性でありながら、チューリッヒ大学で哲学、神学、心理学を学んでいたが、胸を患い一八八二年二月に転地療養のためローマに来ていた。マルヴィーダ嬢はなかなかな世話好きで、自分のサロンにルーを招き入れていたのである。ニーチェとマルヴィーダ嬢とは旧知の仲である。ルーにはもう一人男友達がいた。やはり、マルヴィーダ嬢のサロンの客人で一八七三年来のニーチェの友人、ユダヤ系ドイツ人著述家のパウル・レーという人物である。レーの話は後にするとして、ニーチェとルーの話を始めよう。この時ニーチェは三十八歳、サロメはまだ二十一歳だった。マルヴィーダはふたりを適齢期と見ていたのかもしれない。ニーチェはルーの開明さにぞっこん惚れこんでしまった。三十八とはいえ、娑婆《しゃば》の知恵に乏しい生真面目な青年は彼女を逃がすまいと焦って、プロポーズしたが、あっさりと断られてしまった。もともとルーにはそんな気など毛頭なかった。ルーがあと十年年齢を重ねていたら、案外ふたりはうまく行っていたかもしれない。その後の彼女の行状からすればそう考えても不思議ではないだろう。しかし、五月初めには早くももう破局が見え始めていたのである。

ところでレーの方はどうだったのだろうか。ローマのマルヴィーダ嬢のサロンでレーはサロンに新しく現れたルーに既に会っていた。レーもニーチェ同様すっかり惚れこんでプロポーズしたが、彼もあっさり断られてしまった。だから、ニーチェのプロポーズは二番煎じということになる。レーとルーの方は以後友人、共同研究者としての仲を認め合うことになるが、しかし、ニーチェの方は性懲りもなく再びルッツェルンでプロポーズするが結果は同じであった。この三人の友情はまだまだ長く続く筈であったが、ルーの母親やニーチェの妹などが絡んで、この年の十月か十一月には破局が来てしまうのである。特に妹やニーチェの母親はルーの開明過ぎる点、もっと辛辣に言えば当時の女性としてはやや不道徳な考えに思いをいたしてルーとの関係に反対したのである。

ルーとレーはニーチェに連絡することもせず、ニーチェを一人残してライプチヒを離れてベルリンへ向かう。そして、ふたりはその後数年間共同生活をするが、恋愛感情があったとは思えない。そして、ルーと別れたレーは医者の道へと進むことになる。一方ニーチェの方は再びルーと会うことはなかった。

ニーチェの感じた屈辱がどのようなものであったかは想像できよう。『山羊飼の歌』の背後にルー事件があったように思える。しかし、ニーチェはルーに断られて苦悶したが、学究生活には幸いしたと言える。『ツアラトストラ』が生まれたのである。

ニーチェは十九年前不思議なことにこんな詩を書いていた。題名は『不実な恋人』とある。

心より差し伸べし手をば
疑い深き眼をもて突っぱなし
舌先にて言葉巧みに弄びて
開きし手紙　読みもせで理解もせで　ただ
突き返しけり！
それぞ汝が心！
　　　ぐるりと目を見張り
笑うかげろう　遠きへ飛び
ぶんぶん忌まわしくも羽音立つ。されど

一人の神われを救い出す　御し難き憂愁に包まれし
気の狂いしわれを――
今やわれ微笑みながらかの糸を眺めやる
切れてわが手に靡く糸
血と涙のごとき輝きの――
美しかりけり　なお美しきかな
晩夏のヴェールのごと　糸は逃げ去りぬ
そよ風その糸もちて奏でつつ
夕陽の中金色に燃え輝く。
汝もはやわがものに非ず！　汝
わが最愛の夢描けし絵姿となり
星のごと孤独にも心の深みより昇りて
わが生涯の夜空に燃え立ちぬ――されど
はや遠きへ　ああ　あまりに遠きに　はや沈みけり！

十九年後を予感したような佇まいであろう。その通り、ニーチェは心の傷を負いながらも、ルーの非凡なる才能と生への認識を共有できたことを生涯称えてはいた。自伝『この人を見よ』には《……結局、『悦ばしき知識』はツアラトストラの冒頭部分を載せてあり、第四書の最後から二番目の章（『ツアラトストラ』第四部の『夢遊病者の歌』の章―訳者注）ではツアラトストラの根本思想（「永劫回帰思想」―訳者注）を述べている――二年前にライプチヒのE・W フリッチュ社から総譜（オーケストラ伴奏つきの混声合唱曲―訳者注）を出版したあの『生に捧げる賛歌』もこの中間期のものである。そしてこれは私が悲劇的パトスと名付ける特別選りすぐりのイエスを言うパトスが最高度に私のうちに内在していた時期の軽視できないひとつの状況を示すものである。人は後になっていつか私の思い出にこの歌を歌うであろう。歌詞について誤解が流布されているが、はっきり言って私の作ではない。その頃私の親しかった若いロシア女性ルー・フォン・サロメ嬢の驚嘆すべきインスピレーションによるものである。この詩の最後の数語の意味をともかくも汲み取れる人なら、なぜ私がこれを選んで賛嘆したのか分かる筈である。これらには偉大さがある。苦痛が生に対する異議とは見做されていない。「汝にもはや我に与える幸なくも、よし、汝《な》が苦痛はなお汝にあり……」》とある。ニーチェはここにルーの才を見出していたのであろう。この件は十九年前の詩で予言されていたのだろうか。ルーとの別れはさわやかで、相手を尊崇する姿が見られるのはニーチェの人格を喧嘩早いと見る向きには痛い反証であろうか。

ルーに共鳴した思想はニーチェの根本を飾る『悲劇の誕生』以来の生の哲学であったのだから焦ってルーに求婚したことも理解できようか。

ルーは後に『作品におけるニーチェ』を書いている。そして最晩年には『回想録』を著したが、その中でニーチェについてひとことも言及していない。レーについては一章あてがっているのに。ニーチェの妹との確執をルーは生涯恨んでいたのだろうか。あるいはニーチェについて隠したいことがあったのだろうか。これは今でも謎である。リルケとの関係については驚く程率直にふたりの関係を告白しているのに。

反論があるとすれば、この詩の作詩時期である。『メッシーナ牧歌』の出版は一八八二年五月中旬というから、この詩にニーチェの失恋譚を絡ませるのは時期的に無理ではないかという疑問が湧くが、天才ニーチェなら可能だったかもしれないという一縷の望みはある。

『訝しき魂どもを』

これら訝しき魂どもを
われ激しく恨まん。
なべての奴の名誉は苦痛なり
なべての奴の賞賛　これまた自己嫌悪にして恥なり。

われ奴の綱
絶えず引くことなきゆえ
奴ら毒あるも甘き希望なき嫉妬の
目配りをばわれに送る。

願わくは奴らわれを勇敢にも呪い

愚弄されんことを！
途方にくれし追跡の眼われより
永遠に彷徨い消え去るべし。

評

《訝しき名声　名誉》

第一連の「訝しき」とは別の言葉で言えば「疑わしき」ということではあるが、原語は「ungewissen」であり、それが「魂」を修飾している。つまり、その人達の業績に対して、「疑わしい」と言っているだけではない。その人達の心の内をむしろ言っているのである。いわば「愚昧」「愚鈍」「蒙昧」――もっと言えば思い上がり、身勝手などの意も含まれるのであろう（疑わしいだけなら別の言い方がある――ニーチェは形容詞に「verdaechtig」、名詞形として「Verdacht」を使用している）。民衆の愚昧によって育てられ、名声を博しているいわば似非思想家なり似非芸術家へのニーチェの怒りをここに表そうとしているのである。しかも、複数である。

『人間的な、あまりに人間的な』第二部には#二七『蒙昧主義者（別の言い方では「反啓蒙主義者」である――訳者注）達』という一節が設けられており《蒙昧主義の魔法の根本は人々の頭を蒙昧にしておこうというのではなく、世界の像を黒塗りにし、我々の現存在の表象を暗くしようとすることなのである。そのために精神の明澄性を妨げる方法をしばしば使うが、時にはそれとは丁度正反対の方法をも使う。つまり、知性を最高度に洗練することによってその結果にうんざり感を催させようとする。懐疑を抱き、疑念に対して過度の洞察を深めて却ってその洞察を帳消しにしてしまうような詭弁を弄する形而上学者は最極上の蒙昧主義の良き道具である》と。カントへ向けての嫌味である。また、『悲劇の誕生』ではエウリピデスについて《エウリピデスは観客を舞台に上げた……数のみに強さを求める力と妥協するような義務が芸術家にはあるのか》ともある。ワーグナーにも手厳しい。『ワーグナーの場合』には《ワーグナーの成功――神経に対してそして女性に対しての成功――すべての野心ある音楽家の世界を彼の秘術の弟子にしてしまった。そして野心のあるものだけでなく分別のあるものまでも……今や病みたる音楽を以てただ金を稼ぐのだ、いや我々の大劇場はワーグナーでやっていけるのだ》と。これはエウリピデスとのアナロジーだ。更に『この人を見よ』では《ドイツ人は認識の歴史の中で公然といかがわしい名前で登録されている。彼らはいつもただ「知られていない」贋金づくりばかりを生み出していた〈――フィヒテ、シェリング、ショーペンハウエル、ヘーゲル、シュライエルマッヘルはカントやライプニッツ同様この言葉にふさわしい。皆単なるシュライエルマッヘルーヴェール作りだ（人名のシュライエルマッヘルが普通名詞のヴェール作りと同じ綴りなのを面白がって、両者を掛けて、皆ヴェールの中でぼんやりしていると言いたかったのであろう――訳者注）〉と。尚、ドイツ人以外となれば、これらにプラトン、スピノザ、ダーヴィンが加わることになろう。

《綱》

第二連の「綱」とは絞首刑用の縄のことである。ニーチェは何故永久に絞首刑の綱を引かないと言ったのか。『この人を見よ』には《私は決して個人を攻撃しない》と言っていることに符合しよう。その代わり《一般的ではあっても這いずり回るようなしかしつかみどころなく確実に窮状が見られるような強い拡大鏡としてのみ人を利用するだけである。このようにしてダヴィッド・シュトラウスを侮辱した。もっと正確に言えば、ドイツ的「教養」として成功した彼の老いぼれ本だが——私はこの教養なるものを現行犯逮捕したのである……このようにワーグナーについても同じことをした——もっと正確に言えば、老獪なものを豊かなものと、晩期のものを偉大なものと取り違えている我々の「文化」なるものの本能的雑種性、虚偽を攻撃したのである》と。これには《あらゆるものに同じ権利を与え、あらゆるものに美味を見出すドイツ人の口の公平な感覚……疑いもなくドイツ人は理想主義者だ》が補足説明してくれるだろう。何故ニーチェは理想主義を非難するのか。それについては《……悪徳という言葉を以て、あらゆる反自然のやり口、いやもっと美味な言葉を使えば理想主義を攻撃しているのだ。その命題はこうである。「貞操の説教は反自然への公然たる挑発である」と。性生活のあらゆる軽蔑、「不純」という概念をもっての性生活のあらゆる不純化などは生に対する犯罪である》とあるところで明白となる。「ダヴィッド・シュトラウス」は『反時代的考察』でやり玉に挙げた人物で、ニーチェは彼の『古き信仰と新しき信仰』に著されたドイツ国粋主義と多分に老化した頭脳に対する強烈な批判を示したのである。また、ワーグナーに対しては青年達をたぶらかす理想主義と救済劇に対して嫌悪の念を示していることは既に述べた通りである。

この第二連はいわばニーチェ流の「罪を悪《にく》んで人を悪まず」風格言である。

《無言》

第三連は無言の内に撤退していく卑怯な連中への非難である。ニーチェは『この人を見よ』の中で言う。《私に不快なことをしさえすればよい、そしたら私は「報復する」、それは確実だと思え——私はすかさずその「犯罪者」に謝意をいう機会を見出すのだ（時にはその犯罪に対しても）——あるいは、何かを与えるよりはもっと義務の負えるような何かを犯罪者に乞えるような機会を見出すのである……また、最も粗暴な言葉、最も粗暴な手紙の方が沈黙よりはなんぼか礼儀正しいし、なんぼか実直に私には思える。かように黙っている奴らはほとんど決まって心に繊細さ、礼儀正しさを欠いている。無言は一種の抗弁であり、口に出さぬということは必然的に悪い性格を作るものだ——胃袋さえをも駄目にしてしまうものだ》とある。尤もひとこと言えばニーチェから少なくとも十言返ってくるのは明らかであるから、黙っているのに越したことはなかろう。

絶望の阿呆

ああ　阿呆の心と阿呆の手で
私がテーブルと壁に書いたものは
テーブルと壁とを飾る筈だったのだろ？……

ところが諸君は言う《阿呆の手の殴り書きだー
跡形なくなるまで
テーブルと壁とを綺麗にしなさい》と

合点だ！　一緒に着手だ——
評論家よろしく水売りよろしく
海綿とほうきとは使えるようになった。

だがしかし　仕事が片付いたとてなら
喜んで見たいものだよ　超賢人さん達よ
テーブルと壁は知恵でメロメロだ……

評

《阿呆のキリスト教への挑戦》

「テーブルと壁」は教会の象徴として描かれたものである。『この人を見よ』には《キリスト教的道徳はあらゆる思想家のキルケであった。——彼らはキルケに奉仕していた——私以前に誰がある種の理想からの毒気——「世界誹謗」——の立ち上る洞窟の中へ入ったものがいただろうか?》とあり、自分がキリスト教的道徳に対して初めて反旗を翻したとの誇りを高らかに謳っている。そのこととこの詩は通じ合うのである。《キルケ》とはギリシャ神話に登場してくる魔女で、魔薬によって人間を豚に替える妖術を持っている。しかし、ニーチェは残念ながらこのキルケとの戦いには勝利できなかった。最後の連ではニーチェの努力が実を結ばなかったことを言っている。ここで注目すべきは最後の脚韻は「en」で終わらなければならないが、ニーチェは「besch……」とした。さすがのニーチェも綴り全部を書けなかったのである。しかし、腹立たしさだけは言いたかったのであろう。この言葉は「bescheissen」であるが、非常に卑猥な言葉で日本語では「大小便で汚す」と訳されている。私も「メロメロだ……」とだけしか訳せないのだ。神学教義をひけらかす「趙賢人」こと僧侶を皮肉っているだけでなく教会の不潔さをも暗に詰っているのである。『アンチクリスト』#二一の《衛生的にすることを肉欲的と言っては拒み、しかも、教会は清潔にすること自体をも拒否している》の前哨戦である。「阿呆」とは詩人のこと、つまりはニーチェその人を暗に指している。

詩的療法 ——あるいは——病の詩人はどうやって自分を慰めるのか

よだれ垂らす
魔女なる時よ
汝　口より時を徐にしたたらし行く。
無駄にも　わがなべての悪心《おしん》は泣き叫ぶ——
《呪を！　呪を！
奴の永久《とわ》ののどに！》
世界は——金属製の燃える雄牛《うし》——
叫びなど聞こえやせん。
わが苦痛素早く匕首もて
骸骨に書き記す——

《世界は心持たず
　故にお前を恨むは愚行なれ！》

モルヒネは全部打て
打て　熱病よ！　わが脳味噌へ毒を！
汝　わが手わが額《ぬか》　余りに長く吟味したるな。
汝　何訊くや何？《報酬か？　何《いづれ》への――》
　――はあ！　淫売め
馬鹿たれ！

　いや！　戻れ！
外は寒いぞ　雨の降る――
われ汝と懇ろに逢うべきなりしや？
――取れ！　そら金貨だ――なんとよく光っていることか！
　汝を《幸福》というべきか？
熱病よ　祝福すべきか？

戸　勢いよく開《あ》きぬ！
雨　飛び散りてわがしとねへと向かう！
風　明りをば消す──束となって襲いし禍！
──時に百の詩句も持たざれば
われは賭けるぞ
去らんとしたものに！

評

《病苦と焦り》

ニーチェは一八七〇年八月、普仏戦争に看護兵として従軍したのだが、赤痢に感染して十月には除隊した。この赤痢との関係は不明だが、以後、眼病、偏頭痛、胃病に悩まされ続けた。『この人を見よ』の中で自ら《普通程度の文献学者で一日二百冊めくっていなければならない》と言っているように目は酷使され続けたのであろうか。一八七五年頃から急激に悪くなったようだ。彼の聴講生で音楽家のペーター・ガスト（本名ハインリッヒ・ケーゼリッツ）が後にニーチェの筆記者になっていた程だった。そして、一八七六年にはたびたび大学に休暇を申請して講義を休むことが多かった。ついには一八七九年五月に退職を願い出て、六月認められてバーゼル大学を去った。この詩が何時作詩されたかは不明であるが、退職前の作品であろう。退職後も勿論病苦に悩まされてはいたが、冬は南国、夏はスイスと一所不住の生活を送っていたのだから、この詩にあるような苦しみはそれ程感じていなかったと思われる。退職はニーチェにとってはむしろ望むところであった。彼は湧き上がってくる思いを形ある作品に仕上げることに焦るように始めたかったのであるが、教授の身では思うようにできなかった。そんな「時」との競争を過剰な程意識したのであろう。そのことは最後の連によく示されている。「百の詩句も持たざれば」は接続法を使っているから、実は言外に沢山持っているのだけれどもという内心を述べているのである。現実には教授としての多忙故に中々著書という形にできないもどかしさも感じていたように思える。しかし、病苦を理由に休暇を取得して、実際には著作に没頭していたのである。一八七六年、『反時代的考察』第四篇『バイロイトにおけるリヒアルト・ワーグナー』を書き上げて出版に漕ぎ着けていた。この時、ペーター・ガストの協力があった。

更に「去らんとしたものに！」にも架空話を表す接続法第二式が使われていることから、ニーチェは自分の願望のことを言ったのだろう。和辻哲郎・手塚富雄訳の『ニーチェ愛する人々へ』（要選書昭和二十九年刊）に載る一八七四年二月一日付の母へのニーチェの手紙の中でこう記されている。《……ああ、小さな領地でもあったらどんなにいいでせう。さうしたら一時教授の地位を放棄します。もう私も五年間教授でした。もう殆んど十分だらうと思ひます……》とある。従って、ここは多分「大学退職」を意味していたように思う。大学を退職して著作に没頭する自分に賭けるということではないだろうか。決して時の魔女や病苦に負けるわけにはいかなかった筈である。彼のうずうずした感情が強烈に伝わってくる。

《わが幸福よ》!

われ　サン・マルコ寺院の鳩達と再会す——
広場　静かにして　朝　その上に憩う。
やわらかき涼しさの中へ　われ何気なく歌を送り出だしぬ
鳩の群れの蒼穹へ舞い上がるがごと——
　されどこの群れをば再び呼び戻す
なお一行の詩句を　鳥達に掛けんがため
——わが幸福よ!　わが幸福よ!

汝　絹織りの　青く艶やかなる静けき天空よ
彩り鮮やかなる建物覆うがごと
　汝　なんと浮かびたるではないか

われ──どう言えばよいぞ──御身を愛す　いや恐れる
　いや羨むか……
われまこと汝《な》が魂《たま》をば　心地よく飲み干してしまいたし──
されどいつの日かそを返すことになるのか？──
いや　もう止さんか　その話　汝　眼《まなこ》驚かす楽しみよ！
──わが幸福よ！　わが幸福よ！

汝　峻厳なる塔よ　ライオンの威圧もて
苦もなく　大勝利を収めて　ここに高く聳え立つ塔よ！
汝　深き鐘の音を広場に響かせん──
その響き　フランス語のアクサンテギュウに紛えるか？
われ　汝がごと生き残ることとありせば
絹の柔かき義務なるもの　如何なるものかを知り得んや……
──わが幸福よ！　わが幸福よ！

先へ先へ去れよかし　楽の音は！　まずは黄昏影深くして
《わが幸福よ》！

時　鳶色の生温かき夜の訪れまでに育てよかし！
昼なお煌めきて調べには早過ぎん
はたまた　薔薇の華やぎには黄金の飾りは控えめに
　なれば昼の時さわに残らん
詩作の　忍び歩きの　独りごとの　豊かなる昼よ
――わが幸福よ！　わが幸福よ！

評

《ヴェニス》

前掲の書簡集の一八八〇年三月十五日付母親達への書簡は《一昨晩私はヴェネチアに着きました》と始まる。一時的にサン・マルコ広場の近くに宿をとった。ペーター・ガストからヴェニスの素晴しさを聞き、ガストの後を追ってやって来たのである。すっかり魅了されて、ここで三カ月程暮らすことになり、ガストが日に二回程ニーチェを訪ねて、執筆の手伝いをしてくれた。一方、ガストは本職の作曲に没頭しており、歌劇『ヴェネチアの獅子』など傑作を作曲した。

この詩はこのヴェニス滞在中の作品であろうが、このように完成していたかは分からない。ニーチェにしては珍しく、舌の廻りが滑らかで、本心から幸福感を味わっていたようだ。その理由は勿論健康問題がヴェニスに来てやや改善していたと同時に『曙光』の執筆がガストの協力に支えられて進んだからである。

『曙光』はこのヴェニスで始められ、夏はマリエンバド（ボヘミアの温泉場）、秋はナウムブルク、そして翌年春ジェノヴァで完成し、六月に出版された。尤も最後の校正はヴィチェンツァ県（ヴェニスと同じヴェネト州に属すが、ヴェニス北西対岸の大陸内にある）のレコアーロでガストと一緒に行われた。

『曙光』は副題に『道徳的偏見についての考え』とあり、ペーター・ガストの提案で扉にリグ・ヴェーダの《未だ輝きたることなきあまたの曙光あり》が書き加えられ題名が『曙光』となったのである。内容は現行順守するよう強いられている道徳というものに対して多面的に批判した五百七十五の箴言から成り立っている。反響がなかったというより、ニーチェに対して不道徳家という間違った評価が生まれたことにニーチェ自身苦々しく思っていたのであろう。『この人を見よ』には少し悔しさを滲ませながら自著の紹介をしているので、その辺りを以下に述べておこう。その方が下手な解説より真意が伝わる筈である。『この人を見よ』には副題が『偏見としての道徳に関する考え』とあり、より一層キリスト教的道徳に明確な批判を示唆している。それはこの時期『アンチクリスト』が執筆されていたことと関係しているのであろう。

『この人を見よ』の中の『曙光』についての紹介は《この本と共に私の道徳への戦役が始まるのである》と始まっている。そして、核心部分について《「未だ輝きたることなきあまたの曙光あり」というインドの銘をこの本の扉に掲げてある。この本の著作者はあの新しい朝、再び一つの日を迎えることとなるいまだ発見せざる優しい紅色――ああ、新しい日の全世界全系列！――をどこに探し求めるのか？　あらゆる価値の価値転換のうちに、あらゆる道徳からの解放のうちに、従来禁じられ、軽んぜられ、呪われていた全てのものへの信頼と肯定のうちにである。この肯定をいう本はその光、その愛、その情愛を全き悪徳とされるべき事物の上に放っている。「魂」を、善良な良心を、高い権利と特権を現存在の上に取り戻すのである。道徳は攻撃されるべきものではなく、ただ問題にされないだけである》と。更に《人類の最高の自省の瞬間、つまり人類が回顧しながら見、人類が偶然と僧侶の支配から脱し、最初に全体として何故、何のためにという問いを発する一つの大いなる真昼を用意するという私の任務——この任務は必然的に以下の洞察から生じている、つまり、人類は正しい道に自身では立っていないということ、人類は神の支配など全く受けていないということ、むしろ最も神聖なる価値概念の下で否定本能、頽廃本能、誘惑的なデカダンス的本能などが支配してきたということなどの洞察からである。道徳的価値の由来に対する問いは人類の将来を制約するが故に私にとって第一級の問いなのである》と。ニーチェの問題意識は明確である。人類は本来神聖なる生を謳歌すべきなのに、ある宗教によるおかしな道徳観に支配されている。その辺りを明らかにしたいというのである。「あらゆる価値」とはキリスト教の支配する価値のことである。

しかし、この時点（『曙光』執筆の頃）では穏やかであるが、その後、厳しさを増して『アンチクリスト』を生むことになるが、もう少し先を読んでみよう。

《僧侶が（——隠れた僧侶つまり哲学者達も含めて——）定められた宗教的社会の内部にとどまるだけでなく要するに支配者になっており、また非利己主義的であり、利己主義への敵愾心となるデカダンス的道徳、それ自体道徳とみなされる終末への意志などは無条件的な価値があるというのである。この点において私と一致しないものを私は感染していると見做すのである……しかし、全世界は私とは一致していない……》と。そしてニーチェは次のように締めくくる。

《自重《じじゆう》の喪失、自然本能に対する反抗、ひとことで言えば「無我」――それがこれまで道徳と呼ばれた……『曙光』で以て私は真っ先に自己疎外する道徳に対する闘争を受け入れたのである……》と。

ところでこの詩の第三連はこの嘆きを表しているように思える。ニーチェの抒情詩の多くはどこかの連に自己の思想をそっと滑り込ませているのが見受けられるが、この詩にも幸福幸福というがどこか寂しさを感じる。「絹の柔かき義務」とは『曙光』つまりひとことで言えば「あらゆる価値の価値転換」への義務を指しているのであろう。

ニーチェはその後幾度かヴェニスを訪ねている。次の詩は『この人を見よ』にのみ載るヴェニスの詩である。一八八七年のヴェニス滞在中のものだろうか。マネッセ版『ニーチェ詩集』には一八八八年作とあるが、『この人を見よ』の執筆時期をそのままとったのであろう。一八八八年にはヴェニスには行ってないようだが。『《わが幸福よ》!』は昼のヴェニス、こちらは夜のヴェニスで、雰囲気はまるで違う。しかし、なかなかな絶唱である。

『ヴェニス』

鳶色の

近き日の　夜《よ》の
橋の辺《へ》に　わが佇めば
　はるけくも　歌の調べの
響き寄り来る——
　沸き出づる金色《こんじき》の雫
打ち揺らぐ川面をば
　流れつも　消え去り行きぬ。
ゴンドラよ　ともしびよ　楽の音《ね》よ——
　御身達　酔いしれて
黄昏るる中　漂い行くか……

わが魂《たま》は琴の糸
　見えざるものに心ふるわせ
ひそかにも
　ふと爪弾きし　ゴンドラの唄
目も彩に　煌めく幸に

打ち震えつつ。

――そを聴きし人　ありや　なしや……

「見えざるもの」とはディオニュソスのことだろう。この詩にはニーチェのやり切ったという幸福感を感じさせるが、と同時に脱力感も感じさせる。なぜ、この詩が『この人を見よ』にのみ掲げられたのか理解できる。この詩は本評釈の最後に掲げる『ディオニュソス讃歌』の『陽は沈む』と対になるものだろう。

新しき海へ

かなた へ——行きたい——これよりは
わが身とわが術《すべ》を頼るのみ。
海広々と広がれば
わがジェノヴァの船あてどなく漂流せん。

全ては新しく輝く　なおも新しく
真昼は時空の上で眠ったまま——
汝が眼のみ——怪物のごと
われを見つめる　無限よ！

評

《ジェノヴァ》

先の書簡集によれば、ニーチェは一八八一年の秋スイスのエンガディーンからジェノヴァへ入った。当初は病苦に悩まされていたが、健康を取り戻してからは恍惚感に満たされていたようだ。天候の良さもニーチェを喜ばせていた。それに、初めてビゼーの『カルメン』を見て感動したことも手伝って、極めて上機嫌だったようだ。妹宛に《このジェノヴァでは私は誇らしく又幸福だ……》とある。この詩はその頃――十一月中の作ではないかと思われる。誇らしく自信に満ち溢れているのはこの書簡の延長のようである。この年(一八八一年)六月に『曙光』の出版を果たし、夏エンガディーンのシルス・マリアで次作への構想を練っていた。それが、翌年一八八二年八月に出版された『悦ばしき知識』である。尤も、この時は第一部として第一書から第四書までのものである。その後、第五書と『フォーゲルフライ王子の歌』を追加して一八八七年に第二部が出版されているが、『フォーゲルフライ王子の歌』は大部分ジェノヴァに逗留していた時期にはできていたのであろう（草稿として）。『悦ばしき知識』第一部に#二九一『ジェノヴァ』という一節が記されている。

《ジェノヴァ——私はこの町、別荘、公園、住宅地に広がる山や坂など長いこと眺めていた。そして、ついに悟ったのだが、過去の門閥達の顔が見えるなと——この土地は冷静かつ自主独立の人々の肖像で埋め尽くされている。彼らは生きた、生き続けようとした——つまり一時的ではなしに何百年も建て続けられて、装飾されている家並みを見てそう思った。彼らは度々お互いに仲たがいしながらも、人生を快く過ごしていた。建築家は自分の建てた建物の廻りのおちこちのもの全てに目を向け、同様に町をも海をも山なみをも戦争し占領するかのように目を向けていたように私には見えた。そして、彼はこれら全てのものを自分の設計図に嵌め込み、自分の所有物とし、それによって一つの作品に仕上げようとした。この地域全域には占有欲と略奪欲の壮麗で欲深の我欲が繁茂しているのだ。そして、ここの人達が遠方において如何なる限界をも認めず、新しいものへの渇望の中で古い世界に対抗する新しい世界を据え、そして、故郷の中でも今なお彼らが夫々対抗しながら、優越性を絞り出し、隣人との間に個人的な無限性を置くような方法を発見したのである。

めいめいが自分の故郷をもう一度占領し、その中で建築学的思想によって故郷を征服し、あたかも自分の家を目の保養にしようと故郷を改造したのである。北方では都市の建築様式を考えるときは法制と法制順守への欲求が顧慮される——建築家の魂を支配していたであろうのは都市内部の同一性や整頓性だったと推測できる。しかし、ここでは曲がり角ごとに、海を、冒険譚を、東洋を知る自分自身のための人間に、そして法制や隣人を退屈と見、すべての既に作られたもの古いものを嫉妬の眼で見る人間に君は逢うことになろう——彼はファンタジーの驚くべき狡猾さを以て、これら全てのものを少なくとももう一度新しく作り直して、手をその上に、自分の意志をその中へ入れようと欲したのである——彼の飽くことのない欲深の、そしてメランコリーの魂がかつて満腹を感じ、彼の眼がよそものでない肉親にのみ見せ得たあの陽の射す午後のこの瞬間のためにありさえすればよいだけなのだ》と。この散文を韻文にしたのが『新しき海へ』なのである。

ニーチェの「真昼」をどう解釈すればよいのか。遺稿集にヒントがある。XⅥ#二八（一八八八年春—夏）に《朝の思想家がいる、午後の思想家がいる、夜のフクロウ達がいる、ここで最も卓越した種族を忘れてはならない、即ち正午に由来する思想家だ——彼らの中には絶えず偉大な神パンが眠っている。ここでは光は垂直に降り注ぐのである……》と。パンとはギリシャ神話の半人半獣の牧畜の神で自由奔放で、キリスト教道徳からすると全くの不道徳な神である。ニーチェ思想の重要な部分を支えているのである。「わが身とわが術を頼るのみ」、これこそはニーチェの個を重視する思想の一つの大きな柱である。妹宛の先の書簡には《……もしくはコロンブスだ》ともある。コロンブスは新大陸を発見したとされるあの有名なコロンブスのことで、ジェノヴァ商人の息子で地中海の船乗りをしていた。これは二つの意味で重要なのであろう。一つはジェノヴァ人気質の人物として、もう一つは西に行けばインドへ行ける。そして、戻ってこられるという船乗りの姿である。

「無限」とは「永遠」と同義語である。これとジェノヴァの船乗りとを組み合わせるとどうなるか。この船乗りは地球を無限回周回できるのである。直線軌道ではなく、円軌道を辿ることができるのである。ここにニーチェの「永劫回帰説」が暗示されているというのであろう。

《永劫回帰説》

ニーチェは「永劫回帰説」の啓示を受けたのは、ジェノヴァに来る三カ月前のシルス・マリアでの散歩の途中のことであったと『この人を見よ』の中で告白しているので、「永劫回帰説」については次の『シルス・マリア』の詩のところでも少し立ち入りたいと思うので、ここでは『新しき海』との関連で触れてみたい。その萌芽みたいなものは既に『悲劇の誕生』に見られることは『ゲーテに寄す』の評の中で触れているので重複は避けるが、その意味するところは生の循環のことであった。個別的な循環ではなく世界意志としての循環の喜びであった。遺稿集から少し補足するなら、遺稿集XVI#三二には《ディオニュソス的世界肯定に、割引もせず、選択もせず、あるがままに到達しようとする――同一の事物、複数の結び目の同一の論理、非論理の永劫循環を欲する――これこそ哲学者が到達できる最高の立場である。つまりは現存在へのディオニュソス的境地である。そのための私の公式は運命愛である……》と。

実は「永劫回帰説」を謳っている『ツアラトストラ』と『悦ばしき知識』(第一部)とは繋がっているのである。第四書の末尾の#三四二は『ツアラトストラ』の冒頭部分(『ツアラトストラ序説』)と同じものなのである。そして、その前の#三四一『最大の重し』には云わば「永劫回帰説」の倫理観を示している。

《デーモンがある日、またはある夜、お前のやりきれない程の孤独の中にまで密かに後を付け、こう言ったらどうであろう。「お前は、かつて生きた、そしてまた現在も生きている、この生をもう一度、いや数え切れぬ程生きなければならないのだ。そこには何一つ新しいものはなく、お前の人生にあった苦悩、欲望、思想、溜息、更には数えきれない程の小さいもの大きいものの全ては再び巡り来なくてはならないのだ。その順番と続き具合の全てが——この蜘蛛も同じく、木立の間のこの月の光も、この一瞬も同じように、そしてわれそのものが。現存在の永遠なる砂時計が絶えず繰り返し回転させられるであろう——そしてお前は奴と共に塵の塵となって回るのだ！」——さてと、ここでお前はひれ伏したくなかったか、歯軋りしたくなかったか、更にはかく演説したデーモンを呪わなかったか？あるいは、お前は確かに恐ろしい瞬間に出会ったが、その時お前は奴にこう答えたかったのではないのか。「お前は神だ、俺はこれ以上神らしいことは何ひとつ聞いたことがなかった！」と。もしその考えがお前を支配する力となれば、その考えは今あるお前自身を変え、お前を押しつぶすことになるであろう——「お前はもう一度そして数限りなくこうしたいのか？」は全ての人々に対する質問ではあるが、これがお前の行為する時そこに最大の重しとなって横たわっているであろう！　しかし、そうでなければお前は自分自身と自分の人生をどうやって有益にしていけるというのか？　この最後の永遠の保証と確証の外に何ごとをも恋しがらない以外には！》とある。

これは神なき（ニーチェは『悦ばしき知識』第三書の＃一二五『狂人』の節で神を殺している——次の『シルス・マリア』の項で述べる）後の人生の倫理規定として掲げたので

あろう。
『ツアラトストラ』第三部には『七つの封印——あるいは　しかりとアーメンの歌』という章がある。何を封印するのか、アーメンである。キリスト教的彼岸思想を封印して、生の「永劫回帰」にしかりを言うのである。この七つの封印する条件のうち、五番目の詩には次のようにある。

われ海に好意もつ時
海のなべての流儀に好意もつ時
怒りてわれに反抗せば　最も篤き好意もつ時

未発見のものへ帆を向けんとの
かの探りたき欲望われに湧く時
航海者の欲望のわが欲望にある時

かつてわが驚喜してかく呼び掛けし時
《岸が遠ざかった——今やわが最後の鎖は落ちた——

──無限なるものがわが周《めぐ》りに荒れ狂いて
わが時空のはるか彼方に光り輝く
いざ！　いざ！　親愛なる心よ！》と──

おお　如何でかわれ永遠なるものに欲情せずに済まされようぞ
指輪の中の婚礼の指環にも
──回帰の指環にも

われ未だわが子を孕める女に会わずなり
なぜかなればわが愛さんとしたはただこの女──
おお　われ御身を愛す　永遠よ！
おお　われ御身を愛す　永遠よ！

この詩と『新しき海へ』は同じものである。従って、ジェノヴァで『新しき海へ』を作詩した時には既に「永劫回帰説」がニーチェの頭の中でほぼ固まりつつあったのである。「永遠」とは「永劫回帰」のことである。「永劫回帰」はディオニュソス的循環の発展形ではあるが、「個別化を開放して、苦悩を止揚する」というディオニソス的循環から「永劫回帰論」は個別化を主張しており、根本的に違うと言える。デーモンの「そうでなければお前は自分自身と自分の人生をどうやって有益にしていけるというのか」は正しく個別化への主張である。

シルス・マリア

私はここでずっと待ち焦がれて座っていた
――勿論　何の当てもなしに
善悪の彼岸に　ある時は光を
楽しみながら　ある時は影を　ただただ遊戯のみを
ただ湖を　ただ昼を　ただ目標なき時を。
そこに　突然の女友達　一が二になる――
――そしてツアラトストラが私を通り過ぎた……

評

《ツアラトストラ》

『この人を見よ』には《私はこれからツアラトストラの歴史について物語る。この作品の根底の考えである永劫回帰の思想、つまり、とにかく獲得される最高のこの肯定の公式は――一八八一年八月に受胎した――この思想は「人間と時間の彼方六千フィート」という署名をもった一葉の紙の上に投げられた。私はその日森を通ってシルヴァプラナ湖に沿って歩いた……》とある。「シルヴァプラナ湖」はエンガディーン地方小村シルス・マリアにある。「突然の女友達」とは「永劫回帰思想のインスピレーション」のことである。ドイツ語で「インスピラチオン（Inspiration）」は女性名詞である。「一が二になる」は我々の使う「身二つになる」に近いのか、つまり、この女友達はニーチェの子ツアラトストラを身ごもるのである。それから十八カ月後の一八八三年二月に『ツアラトストラ』第一部は出版された。

ところで『ツアラトストラ』は略称で、正式には『ツアラトストラはこう語った』である。ツアラトストラことニーチェが語った四部からなる膨大な教説集である。ツアラトストラとはゾロアスターのドイツ語名であるが、拝火教とは関係ない。拝火教の聖典『アヴェスタ』をなぞえたものか、ゾロアスターの生涯をなぞえたものかは不明だが、多分両方であろう。しかし、ゾロアスター教の善悪二元論にも何ら関係ない。よく分からないというのが正直なところである。ニーチェは『この人を見よ』の中で《人はツ、ア、ラ、ト、ス、ト、ラという名が他ならぬ私の口において、最初の不道徳家の口において何を意味しているか訊かなかったが、訊くべきだった。なぜならかのペルシャ人の途方もない卓越性が作り上げていたものが正しくその（不道徳家の、またはニーチェの——訳者注）反対のものであったからである》と述べている。ニーチェは善悪の彼岸論を唱えているのである。

ニーチェが戦っていたキリスト教は現世から彼岸への直線運動、また、ニーチェの理解していた原始仏教は六道に輪廻する苦悩を解消するため、涅槃という境地に至る修行を目的としたやはり直線運動である。ニーチェの「永劫回帰説」は永遠の円環運動である。その考えは必ずしもニーチェの発明ではないが（ニーチェ自身《このツアラトストラの教えはこの前に既にヘラクレイトスによっても説かれていたかもしれない》と述べている）、前節のデーモンの話、つまり彼岸を失った人生に新しい倫理規定を加えたのである。その倫理規定とは次の狂人の話の中にある「われら自身が神になる」こと、暗にキリスト教的彼岸論の否定なのである。

『悦ばしき知識』第三書＃一二五『狂人』の節は次のように始まる。

《狂人——彼らあの狂人のこと何も聴かずや？　彼晴朗なる朝の中、火を点したるランタン持ちて、大声張り上げつつ市場駆け抜け行きぬ。「俺は神を探してるんだ！　俺は神を探してるんだ！」と。

かの時かの場所に巣穴より直立せるもの多く集まり来たって立ちぬ。彼ら神を信ぜざるもの達なれば、大いなる哄笑《こうしよう》起こりぬ。あるもの曰く、されば神行方知れずや？　他のもの曰く、神わらはべのごと道迷いたるか？　されば神恥じてんや？　われらを恐れしか？　船に乗りたりしか？　旅に出しか？　めいめい入り乱れて大声で哄笑上げぬ。

かの狂人集まりしもの達の中に飛び込み、穿つがごと彼らを見据えて呼び掛けぬ。「神は何処へ行ったのかだって？　諸君にこう言いたいのだ。われらが神を殺したのだ。お前達と俺とで！　われらは皆殺害者だ！　しかし、われらはどうやってやったのか？　どうやったら海を飲み干すことができたのか？　地平線全部拭き取るよう誰が海綿を与えたのか？　地球を太陽から解放するようなことをやったのか？　地球は何処へ行くのか？

われらは何処へ行くのか？　全ての太陽から離れるのか？　われらは永久に墜落しないのか？　後ろにも、横にも、前にも、あらゆる側へも？　まだ上も下もあるのか？　果てしない空虚の中で迷わないのか？　真空が息を吹きかけないのか？　寒くはならないのか？　夜が絶えず来るのではないのか？　いっそう深い夜が？　朝方ランタンに火を入れなくてはならないのか？　神を埋葬する墓場の喧騒はまだ何も聞こえないか？　腐敗する神の匂いも何も臭わないいか？――神も腐敗するぞ！　神は死んだ！　神は死んでいるぞ！　われらが神を殺したんだ！　われらは殺し屋のうちの殺し屋をどう慰めたらいいのか？　世界がいままで占有していた最も神聖で最も力あるものをわが短刀をもって出血死させたのだ。誰がこの返り血を拭きとるのか？　どんな水があれば身を清められるのか？　どんな贖罪、どんな神聖な儀式を発明しなければならないのだろうか？　この行為の大きさはわれらにとって大き過ぎないか？　われらにふさわしいと思われるのは、ただ、われら自身が神になること以外にないのではないのか？　いまだかつてこんな大きなことはなかった――われらが後に生まれてくるものはこの行為のために今まであったあらゆる歴史よりも崇高なる一つの歴史へ踏み込むのだ！」

　ここでかの狂人黙してかの聴衆を見やりし。聴衆もまた黙し彼をいぶかしげに見ぬ。ついにかの狂人ランタン地に投げつけばランタン粉々に砕けて光失う。狂人更に、

「俺が来たのは早過ぎたのか。まだ俺の来る時期ではなかった。この恐ろしい事件は道半ばで進行中である。人間の針穴へ行き着くにはまだ時間が要る。電光や雷鳴には時間が要る。星の光には時間が要る。行為には時間が要る。後で見られて聞かれるためにも時間が要る。この行為は最も遠い星よりも人間にはなお遠いものである。しかし、かの行為すべてなされたぞ」と――

なお後日談あり。かの日の狂人いろいろな教会に押し入り、神への永遠なるレクイエムを奏でしが、彼外へ出され釈明のために座らされし。彼の弁明

「これらの教会は、神の墓、神の墓石にも非ざれば、一体何ものぞ」とのみ》(ここの「レクイエム」は(神への)鎮魂歌という意味以上のものではない――訳者注)と。

しかし、時期が来たと見て、狂人ことニーチェは隠棲していた山を下り、民衆への説教に行くのである。『ツアラトストラ序説』の第二節はこうである。

《――ツアラトストラは一人山を下りた。誰にも出会わなかったが、しかし、森に入った時、突然、一人の老人が彼の前に現れた。彼は聖なる草庵を出て森の薬草を探しに来ていた。老人はツアラトストラに話し掛けた。

「この漂泊者わしには初めてではないな。何年か前にここを通っていた筈じゃ。ツアラトストラと名乗っていたが、今は　改めたのかな。あの時は汝は自分の遺灰を山に捨てに行っ

たが、今日は、汝の火を谷間へ運ぼうとしているのか。汝は放火犯として処刑されることを恐れないのか。そうだ、この御仁は確かにツアラトストラである。眼が澄み、口元には嫌悪の影もない。舞踏者のように行くではないか。ツアラトストラは変わった。子供に戻った。ツアラトストラは覚者だ。汝今から、睡眠せしものの側で何をなしたいのか。汝は海中にいるように孤独に耐え抜いた。海も汝を支えたというのに、情けない、汝は陸に上がるのか。情けない、汝は己が肉体を更に引きずっていきたいのか」

ツアラトストラは答えた。

「私は人間を愛している」

「何故、」と聖者は言った――「わしが実際森の中、荒地へ入ったは何故なるか。わしがあまりに深く人間を愛していたからだ、そうではなかったのか。今わしは神を愛している。人間など愛していないのだ。人間などは欠陥だらけのものに過ぎないのだ。人間に対する愛などわしを破滅させるだけだ」

ツアラトストラは答えた。

「愛については何をか云わん。私は人間に贈り物を届けるだけだ」

「何も与えるな」と聖者は言った。「むしろ何かを取れ、奴らと一緒にそれを担え――それが人間には最も幸せな行為なのだ、汝には只の快適な行為に過ぎぬが。もし施しとして与えるなら、多くを与えるな、そうして、なお一層物乞いをさせるんだ」

「違う」とツアラトストラは答えた。「私は施しなどせん。私は施しをするなんぞ、ああ、それ程了見はせまくない」

聖者はツアラトストラを笑った。そしてこう言った。「だが用心せ、やつらは汝の財宝を奪い取るさ。奴らは隠者の言うことを疑い、わしらが贈り物に来ているのに信用しないのさ。わしらの足音は彼らの町中では余りに孤独に響くのだ。そして、夜明けのずっと以前にベッドの中で人が行くのを聞く時のように、《盗人はどこへ》と自問するんだ。人間のところへ行くな、森へ行け。むしろ、畜生のところへ行け。何故、わしのようにしようとしないのか――熊以下の熊、鳥以下の鳥ではないか」

「聖者は森の中で何をするのか」とツアラトストラは訊いた。聖者はこう答えた。

「わしは歌を作って歌う、歌を作る時、わしは笑い、泣き、唸る、かくして神を称えるのだ。歌うこと、泣くこと、笑うこと、唸ることでわしはわしの神である神を崇める。だが、汝はわしらに何を贈ろうというのか」

ツアラトストラがこの言葉を聞いた時、聖者に挨拶して、こう語った。

「私は聖者達に与えるべき何物があろうぞ。されば、聖者から何物をも奪うことのないよう、私に早くここを去らせて頂こう」――そして、老人と人間は子供達が笑うように、笑いながら、お互い別れていった。しかし、ツアラトストラは一人になった時に、自分の心に向かってこう呟いた。

「ありうべきことだったのだろうな。あの年老いた聖者は森の中で今までに何も聞いていなかったのだ、神が死んだことを」》と。

ツアラトストラは何を説こうとしたのか、小著は『ツアラトストラ』の評釈書ではないので、深入りするつもりはないが、ニーチェ思想の集大成と本人が意気込んでいたものを素通りできないから多少は触れておきたい。

先ず、「神（勿論キリスト教の神である――訳者注）が死んだ」と宣言したことによって、今までこの世を支配してきたキリスト教の道徳観が崩れるわけで、先程概観した倫理規定をやや具体化しなければならない。そのことを次に語っている。いわば人生の道しるべである。

『この人を見よ』には《私の不道徳家という言葉に含まれるのはつまり二つの否定である。第一に否定するのはこれまで最高の人間の典型とみなされていた、善人達、善意の人達、善行の人達である、第二に否定するのは道徳として通用し支配しているある種の道徳、つまり、デカダンスの道徳、より明確に言えば、キリスト教の道徳である》と。

何故デカダンスか。《温情や善意の過大視は大きく見れば私にはデカダンスの結果として、弱さの兆候として、上昇し肯定する生とは既に両立しないものと見えるからである――肯定には否定と破壊が条件である……キリスト教道徳は――虚偽への最も悪質な形式、人類の真のキルケ――これこそ人類を墜落させたものである。この光景にびっくりさせるものは誤謬としての誤謬ではない。その勝利において示されたのは精神面における善意、訓練、礼節、勇敢などの何千年にも及ぶ欠如ではない――自然の欠如である。反自然自体が、道徳として最高の栄誉を受け、掟として、定言的命法として人類の上にかかり続けたことは全く戦慄すべき事実なのである……こんなにも、個人としてではなく民族としてでもなく人類としてつかみそこなうとは！……生の第一級の本能を軽蔑するよう教えたこと、「魂」や「精神」を肉体を辱めるために捏造したこと、生の前提において、性欲についてには何か不純なことに感じるよう教えたこと、成長への最も深い運命において、厳しい自己欲求（――この言葉は既に誹謗されている）などにおいては悪の原理を求めるのに対して、没落と本能的矛盾の典型的兆候には、「無私」には、自重喪失には、「個性喪失」と「隣人愛」（――隣人病！）などにおいては反対により高い価値を置いたのだと言いたい！　奴らの価値が見えるぞ！……何たることか！　人類そのものがデカダンスではないか？　人類は何時もこうだったのか？　確実なことは、デカダンス的価値が最高の価値と教えられていたということだ》と。また別の所で《人生は歓喜の泉だ》（『ツアラトストラ』

第三部『新旧の比較表』＃十六）とも言っている。

これでニーチェの主張が明瞭になった、簡単に言えばいわゆる本然の性の尊重なのである。なぜなら「人生は歓喜の泉」だからである。しかし、こうやってキリスト教道徳を否定したことは同時に彼岸を否定したことになるから、生の有限性に対してどう対処すべきかが問われることになった。先にも述べたように、古代ギリシャでは生の苦悩は苦悩として甘受して宇宙的循環——ディオニュソス的生の循環運動に流入して、個を解放してこの運動に参加する喜びで止揚しようとしていた、しかし、ニーチェは個々の生を重視する（芸術活動はその典型と考えていた）立場を主張していたからディオニュソス的循環だけではその解決にはならない筈である。彼岸を失った個々人をどう救済するか、とてつもなく大きな問題に直面した。

ニーチェが考えたのは冒頭で述べた「永劫回帰」の思想である。生の有限性を無限回の円環運動に替えて永遠な生とすることを提案した。しかし、この考えは極めて厳しいものである。一つは既に生きた生の繰り返しであって、新しい生ではない。もう一つは「塵の塵となって（ごまんとなってという意味なのか——訳者注）」繰り返し出現するのである。これらは常人には堪えがたいものである。勿論歴史的事実も、例えば、キリストも繰り返し出現するのである。そこで、ニーチェはまた救済策を提案してきた。

《運命愛》

一つは「運命愛」である。『悦ばしき知識』第四書＃二七六には《いよいよもって私は事物における必然的なものを美しいものと見ることを学ぼう――こうして私は事物を美しくするものの一人となるであろう。Amor《アモール》 fati《ファティ》（運命愛）――これが今よりの私の愛となってくれ！　私は醜いものと戦争するなどしない。非難もしない、非難者を全く非難しようともしない。眼をそむけることが唯一の否定であってほしい！　そして、要するに大体において私はいつかきっと一人の肯定者になろうと願うのだ！》と。これは単なる愛の宣言に過ぎないが、『この人を見よ』では多少具体的である。《人間における偉大さのための私の公式は ***amor fati***（運命愛）である。すなわち、前に向かっても、後ろへ向かっても、全永遠においても無価値なものを持とうとしないということである。必然的なものをただ耐え忍ぶことではなく、いわんや隠蔽するのでもなく――すべての理想主義は必然的なものに対する誤謬である――その必然的なものを愛することである》と。しかし、この amor fati は曲者である。なぜニーチェがラテン語で表記したのか。fati は fatum の所有格であるから、運命愛、あるいは love of fate と訳されようが、fatum には「死」をも意味するようだから、キリスト教への皮肉を込めていたのかもしれない。審判を怖がって、死を恐れることはない。審判も、彼岸もないのである。彼岸思想の否定であり、そこから「永劫回帰」が始まるということになろうか。その先は「永劫回帰」を受け入れるだけでなく愛するべきというのである。「永劫回帰」と「運命愛」が対になっていることになる。これは「永劫回帰」への救いのために置かれたのであろう。また「運命愛」とは必然的に与えられた自己への愛のことでもある。言葉を替えれば自己愛である。運命とは必然性のこと、つまりは自己自身のことで、人生は偶然与えられたものでない。人生は辛くとも、苦しくともその生に肯定を叫んで堪えねばならないものである、いや、「愛しいもの」として愛するのである。決して彼岸に逃げ込んではならないのである。「永劫回帰」で繰り返さざるを得ない自分の生も必然的に与えられたものなのである。それを愛おしく思えというのであろう。

もう一つは「超人」である。ツアラトストラが山を下りて最初の説教が「超人」なのである。《それ、われはお前達に超人を教えよう！　超人は大地の意義である。お前達言ってみろ！　超人は大地の意義なりと》と始まる。

「大地の意義」とは「永劫回帰説」に他ならない。「大地」とはこの世のこと、つまりは「永劫回帰」する生のことで決して彼岸など信じてはならないということである。その「永劫回帰説」とは苛酷なものだが、それに堪えるのだ、それが「超人」というものである。

しかし、『ツアラトストラ』の主人公は結局「超人」に出会うことはなかった。再び空しく洞窟を出て「超人」探しの旅に出るところで『ツアラトストラ』は終わるのである。美しい文芸作品だが、残念ながら未完の書であったと言える。「超人」とは「運命愛」に他ならないのであろう。

しかし、「永劫回帰」も「運命愛」も「超人」も何か壮大なる宇宙の原理によって支配されている一種のニヒリズムではないのか。その苛酷な原理を人間は堪え忍ぶしかない。「人生は歓喜の泉」ではなかったのか。これをどう打破するか、それがなくては人間の解放はあり得ない。

《力への意志》

『ツアラトストラ』の『至福の島にて』（ツアラトストラはこの島に住んでいる――訳者注）でツアラトストラはこう宣言する。

《もし神が存在するならば、どうして自分が神でないことに堪えられるであろうか！　だからいかなる神も存在しない。うまく結論を出してみたが、今度はこれが私を引っ張っていく……》とある。

そして、ニーチェは別のとんでもないアプローチを始める。『ツアラトストラ』の『克己について』という章において《あの「存在の意志」なる言葉を真理に向かって放った人（ショーペンハウエルやダーヴィンのことか――訳者注）は結局真理には当たらなかった――そんな意志は存在しないのだ！　なぜなら、存在しないものは意志することができないし、存在していたものはなおも存在へ意志することはできないではないか！　ただ、生ある所に意志はある。しかし、生への意志ではなくて、力への意志であると教えよう！　生けるものには多くのものが生そのものより高く評価されている。つまり、評価すること自体からそれは語られているではないか――それが力への意志なのだ！》と、そして、「力への意志」について、種々いろいろとニーチェは語っている。《危険なのは川ではない、善悪の終末でもなく危険なのはあの意志、力への意志である――尽きることなく生み出す生の意志である》と、そして、この表現にはまだ危険はないが、次の文言はこの「力への意志」の恐ろしさを表している。《生あるものを見たとき、そこに力への意志を見た。奉仕するものの意志の中にさえ支配者たらんとする意志をすら見た。弱者が強者に奉仕するのは弱者の意志が弱者を説得するからで、弱者にも支配したいと思うからである――この欲望だけは欠かすことはできない。小さなものがより大きなものに帰依するのは自分より小さなものに対して欲望と力を持とうとするからである。このように最大のものも身を犠牲にしてまでも力を振るわんとする——命を落とそうとも》と。この思想の先は危険である。正にツアラトストラが神になったようなものである。宇宙の原理も既存の神も不要と、ただ宇宙を支配しているのが「力への意志」と明言したのである。

《矛盾と解放》

必然とは何か、「力への意志」は必然を破壊することにならないか。ひとつの個体が生を全うする、そしてその生が永遠に円環循環する。それを運命と甘受する。しかし、「力への意志」が生の在り方を変えることができる、というより、そのように生を動かすのである。これは運命論ではない。生あるもの同士が互いに「力の意志」を発動させて、予想できないゲームを展開する。その「力への意志」はどこから発生するのか。しかし、右の議論のように自己内のことだけではなく、他己との関係で「力への意志」が働くのである。これは恐ろしいことではないか。しかも、連鎖的に働くのである。

その後の『善悪の彼岸』の中でも《何よりもまず生あるものは力を放出しようとするものだ——生自体力への意志なのだ——自己保存はそれの間接的な普通の結果に過ぎないの

だ》と述べているが、これらの論述は「運命愛」のような甘受する考えとは異なる。
ニーチェは遺稿集の中で頻繁に「力への意志」のアイデアをメモしているがついに成書を見なかった。その理由が「運命愛」と「力への意志」とが互いに矛盾すると見たからであろうか、いや「運命愛」はスタティックな考えで、「力への意志」はダイナミックな運動論とみなしうるから、もともと別の視点からの考えであったのであろうか。「運命愛」は自己内のこと、「力への意志」は他己との相互作用であるとすれば、「力への意志」は危険な考えであって、ニーチェの本来の個々の生を本来の生に戻そうとする考えを逸脱しているのではなかろうか。《芸術こそが人生の最高の課題であり、本来の形而上学的活動であると得心しております》と言っていたニーチェにはそぐわないのではないか。人間が生を失った後に来る「永劫回帰」には生は既に運動を止めている。永劫に回帰するといっても既に定められたものが回転するだけなのである。このように必然性を容認したとすればそこに意志など存在しないのではないか。

《危険》

「力への意志」を敷衍すればする程危険性が弥増すことは誰もが理解できよう。ニーチェの思想がそれ程危険だったとは考えたくないが、反ユダヤ主義者を夫にもった妹のエリーザベトはニーチェの遺稿にあることないこと付け加えてニーチェの著作のように偽って後に『権力への意志』なる書を出版した。これがナチに利用されて、ニーチェを貶める結果となった（ナチ崩壊の第二次大戦後その誤解は解かれた）。それ程にこの「力への意志」は危険な思想であったと思われる。残念なことである。それは「力への意志」には本質的に力というものが自己外に出て自己のためにその力を行使するようになるからである。ここが危険なのである。覇権主義につながっていくであろう。

このように「永劫回帰」の思想の中に「運命愛」と「力への意志」を持ち込んだことでニーチェ思想に矛盾をきたすことになったのであるが、その解放の道はある。

ニーチェは『悲劇の誕生』で《芸術こそが人生の最高の課題であり、本来の形而上学的活動であると得心しております》あるいは《芸術だけが生存の恐怖あるいは不条理に対する吐き気の思いを生きることを可能にする表象に変えることができるのである》と芸術活動による人生の意義を説いた。ニーチェはこの原点に戻るべきであった。その活動は永劫に再来しても悪魔に脅されることもなく、その人固有の歴史として永遠に記憶されるべき誇りを有するものなのである。

音楽も（建築も）自然界に存在しない人間固有の創造的芸術である。ニーチェは既にキリスト教との戦争を終結できたのだから、『悲劇の誕生』にもどって、芸術創造の方へ『ツァラトストラ』を誘導すべきではなかったのか。

ミストラルに寄す——舞踏歌一首

御身　ミストラルの風　雲の狩人よ
憂愁の殺し屋よ　空の掃除人よ　猛り狂うものよ
われどんなにか御身を愛することか!
われらふたりは一つ腹からの初子《うぃご》
予め定められたる
一つの永遠の運命ではないのか?

ここ　すべすべの岩の道で
われは御身目指して踊りながら駆け行く
御身の吹く笛　歌う歌に合わせて踊る——
一方　御身は　舟もなく舵もなく

自由にして　最も気ままなる兄弟のごとく
自然の海の上を飛び跳ねる。

　われ目覚めるや御身の呼び声に誘われ
岩の階段へと駆けつけぬ　更に
海に立てる黄色の断崖へと突進す。
おおい！　御身既に訪れしか
燦然と輝くダイヤモンドの急流となりて
山から大勝利収め来ったがごとく。

　平らかな天空の大地を
御身の馬駆けるを見し
御身を運ぶ馬車をも
馬の背に電光のごとく鞭が置かれるたび
御身のみ手の自ずと小刻みに動くも──

御身が馬車から飛び出し
素早く下へと身を振り　そして
素早き矢のごとく
垂直に深みへと突き刺さるが見ゆ――
初《はつ》に覗かす薔薇色の　朝焼け貫く
黄金の光の墜落するがごとく。

千の　山の背で波の背で
波の気まぐれの上で　いまや踊れ――
新しき踊りを創るものよ！　万歳！
千の踊り踊ろう
自由なる――われらが芸術の名なり
悦ばしい――われらが知識の名なるぞ！

それぞれの花から
花一輪をわが名誉のために

なお葉二葉をば花冠のために集めよう！
吟遊詩人のように踊ろう
聖人と娼婦との間で
神と俗世との間で踊りを！

　風を受けて踊れないもの
包帯ぐるぐる巻きのもの
つながれたるもの　かたわの老人
偽善野郎　名誉好きの馬鹿もの
徳行狙いの馬鹿女　なんてなものは
わがパラダイスから失せろ！

　なべての病人の鼻穴へ
街の埃をどどっと吹き入れろ
病気の卵を追い出そう！
やせぎす胸の吐息から

生気の失せた眼から
浜辺全部を解放しよう！

　天を曇らすもの　世界を暗くするもの
雲を沸かせるものを追い出して
天空王国を明るくしよう！
ごうごう吹こう……おお　全ての
自由精神たる精神よ　御身とふたりして
わが幸せは嵐のごとく吹き荒れる――

　――よし　かかる幸福の思い出を
永遠にするため　幸福の遺産をもらえ
共にこれなる花冠を取り上げろ！
花冠は高く　遠くへ　彼方へ投げろ
天の階《きざはし》を駆け上がって
吊るせ――星々に！

評

《舞踏と笑い》

この歌は一八八四年十一月（ニーチェは四十を迎えていた）南仏ニース近郊、イタリア国境に近いマントンの町で作られた。マントンは『ツアラトストラ（第四部）』の執筆と縁があるとして「ニーチェの道」なる散歩道まで用意されている。ミストラルはこの地方特有のローヌ川沿いをアルプスから急速に吹き下ろす冷たい北風のことで、ちょうど冬から春にかけて吹き下ろす強い風である。

ニーチェは深刻そうに見える肖像写真からは想像もできないことだが、少年時代は意外と活発に過ごしていたようだ。勉学は言うに及ばずだが、ピアノを弾き、歌を作り、詩を書き、遠足を好む活発な学生だったことが自伝的作品からうかがえる。

一八六二年まだプフォルタのギムナジウムの学生であった十八歳の頃こんな詩を作って

いる。

『さすらわんか　いざ　さすらわんか』

さすらわんか　いざ　さすらわんか
いと広き世界を気ままに
緑のネクタイしめて
帽子と着物でおめかしして。

小鈴を振れば
いと愛しくも軽やかに　鈴は鳴る
わが巻き毛
風に乗り　われに纏わりつきぬ。

森ののろ鹿　われに
いと親愛なる　眼差し送り来て

われ悲しみ覚えしが
やがて　忘れ去りぬ。

小さき薔薇は咲き
香り　草原に満つ
われ　薔薇に口づければ
目頭に熱きもの込み上ぐ。

風に吹かれて気分爽やか
心に夢ひとつ滑り来る
菩提樹の花はひとつ
落つるかな。

さすらわんか　いざ　さすらわんか
いと広き世界を気ままに
緑のネクタイしめて

帽子と着物でおめかしして。

とある。しかし、十八と四十とではその活発さには自ずと違いのあるのは当然だが、単なる年のせいではない。あの『信心深いベッパ』の詩を思い出せば、『ミストラルに寄す』の踊りが、名指しこそしていないが、明らかにキリスト教の道徳観に対する攻撃的な活発さであることが分かろう。正しく「舞踏」はその治療薬として置かれたのである。更に「笑い」は「舞踏」よりも強烈に炸裂する。そのことは一八八三年に出版された『ツアラトストラ』第一部に現れる。

『ツアラトストラ』の『読むことと書くこと』に《われ踊ることを知る神のみを信ずる。そして、わが悪魔を見た時、奴は厳粛で、根本的で、奥深く、荘重に見えた。これこそ重圧の霊であった。全ての事物はこの重圧の霊によって墜落する。人は怒りによってではなく笑いによって殺せるのだ。いざ立て、重圧の霊をわれらも殺そうではないか！》とある。ツアラトストラの信ずる神は酒神賛歌《ディデュランボス》に現れるディオニュソス神かもしれない。踊りは以後ニーチェの作品の中で踊り続けられて最終的には『アンチクリスト』へと雪崩れ込んでいく。

『悲劇の誕生』第二版（一八八六年出版）の序文『自己批判の試み』に『ツアラトストラ』

第四部（一八八五年出版）『より高き人間について』の章から次のように大きく引用して締めくくっている。

《私の兄弟達よ、勇気を出せ、もっともっとだ、胸のことも忘れるな、胸も上げろ、お前達踊りの達者《たつしゃ》よ、もっと良いことは逆立ちすることだ！

笑うもののこの花冠、薔薇の花のこの花冠、私自身がこの花冠を頭に被せたのだ、私自身が私の笑いを神聖と宣言したのだ。今日まで自分の外にこんなに笑いを強く言い放ったものに出会わなかった。

舞踏者ツアラトストラ、翼でウインクする軽きもの、すべての鳥達が準備も用意もできたと合図した、至福なすばしっこいものよ──

真実を予言するツアラトストラ、気長で柔和で跳躍も横っ飛びも愛する真実の笑いのツアラトストラ、私自身がこの花冠を頭に被せたのだ！

笑うもののこの花冠、薔薇の花のこの花冠、私の兄弟達よ、この花冠をお前達に投げ与えよう！　より高き人間よ、笑いこそ神聖なのだと私は宣言する。私から学べ、笑うことを！》とある。

次の詩は『人間的な、あまりに人間的な』（一八七八年出版）の巻末に置かれたものである。この笑いはキリスト教とは関係ない。この著作の内容からワーグナー（及びショーペンハウエル）への当てこすりかもしれない。この頃ニーチェはワーグナーとの決別を決意していた。だから、意気投合から決別までを寓意的にユーモラスに描いたのであろうが、ついにはワーグナーを笑い殺したと言いたかったのかもしれない。

『友の間にありて――切り狂言』

互いに黙《もだ》すは　素晴らしい
互いに笑うは　なお素晴らしい――
絹にも紛《まご》う空のキャンバスの下
苔に座し　ぶなの木に寄り掛かって
楽しく声高に友と笑う
互いに白き歯　見せ合って。

俺がうまくやれば　われら黙さん
まずけりゃ――われら笑わん
益々まずくならん

更にまた益々まずくならん　ならば益々われら笑わん
われら　墓穴に落ちるまで。

友よ！　そう！　それで仕方ないだろ？――
アーメン！　さよなら！

……

『ツアラトストラ』を書き始めた一八八一年八月『シルス・マリア』の作詩頃、ニーチェは孤軍奮闘で例の道徳観との戦端を開こうとしていた。その内容は筆が進むにつれて過激化していき、前述のように第四部の巻末に至って笑いについて宣言するのである。「舞踏と笑い」は不自然で重くるしい道徳観を吹き飛ばすダイナマイトの役を担ってほしかったのであろう。

それにしても、この『ミストラルに寄す』の詩は驚く程軽快である。いわばニーチェが躁状態にあったように思われる。それに反して次の詩はいわば鬱状態のニーチェであったのだろうか。

……
周りはただ　大波の戯れのみ。
　かつて重かりしもの
青き忘却の彼方に沈みぬ
わが小舟ただ手持無沙汰にて行く。
嵐と航海――ああ　そは忘れたり！
　願いと希望は溺死し
　魂と海は凪《なぎ》て留まる。

最高の孤独よ！
　われかつて今程感じたるはなし
甘き安心をわが傍《かたえ》に
陽の眼差しを暖かに――
――わが頂の氷なお光を放つに非ずや？
　銀色の軽き一匹の魚のごと

わが小舟今や泳ぎ去りゆく……

この詩は一八八四年から最晩年の一八八八年の間に作られた『ディオニュソス讃歌』のうちの『陽は沈む』の詩の末尾の連からの抜粋である。何ともやり切れない暗い思いの吐露を感じるが、決して絶望感ではないと思うべきである。「重かりしもの」とは例の道徳観を指していよう。その道徳観にディオニュソスが勝利したのである。この詩はニーチェの勝利宣言とみなすべきである。では何故、暗く感じさせるのか。ツアラトストラは言う。《汝、偉大なる天体よ、もし、汝に照らすものなければ、一体汝の幸福というものはどの辺にあるのか》と。もはや戦うものを失った脱力感の歌なのである。この詩が『ヴェニス』の詩と対になるとは既に述べた。

最後に『この人を見よ』の巻末を引用して、この小書を締めくくりたい。これこそが『ミストラルに寄す』の心であるからだ。

《最後に——最も恐ろしいことだが——全ての弱者、病人、出来損ない、自分自身で悩んでいるもの、これらを善き人と呼んでいるが、本来は全て滅びるべきもの達である——しかし、淘汰の法則は十字架にかけられ、誇らしげで出来の良いもの、しかりをいうもの、未来を確信しているもの、未来を保証するものなどに対して抗議することを理想としている——そしてこれら意欲あるもの達は今や悪人と呼ばれている……そしてこれらそういうこと全てが道徳として信じられているのである——*Écrasez*《エクラゼ》 *l'infâme!*《ランファーム》（この破廉恥漢めを粉砕せよ——訳者注）》と。

（完）

ニーチェ年表

年	生活	著作
一八四四	十月十五日、レッケンの牧師館にて誕生	
一八四六	七月、妹エリーザベト誕生	
一八四八	二月、弟ヨーゼフ誕生	
一八四八	八月、父カール・ルードヴィヒ階段で躓く	
一八四九	七月、父脳梗塞にて死去	
一八五〇	二月、弟急死 春、レッケンよりナウムブルクへ移住、市立小学校へ入学 ヴェーバー先生の私塾へ通う	
一八五四	ナウムブルクのギムナジウムの第五年に入学、ヴィルヘルム・ピンダー、グスタフ・クルークと知り合う	

一八五八	十月、国立プフォルタギムナジウムに給費生として第三学年に入学を許可される。寄宿舎生活始める	九月頃、小伝を書く
	ポール・ドイッセン、カール・フォン・ゲルスドルフと知り合う	
一八六〇	七月二五日、ビンダー、クルークと共に「ゲルマニア会」作る、いわゆる文学同人である	
一八六一	復活祭にて『堅信礼』受ける	
一八六四	九月、プフォルタ卒業 ボン大学入学（古典文献学）	『知られざる神に』作詩
	ポール・ドイッセンと知り合う	
一八六五	十月、リッチェル先生の後を追ってライプチヒ大学へ編入	
一八六七	十月、一年間の志願兵としてナウムブルクの砲兵隊に入隊	

一八六八	三月、落馬にて重傷を負い除隊 大学へ復学 リヒアルト・ワーグナーに初めて会う	
一八六九	大学卒業と同時に、リッチェル先生の推薦でバーゼル大学の古典文献学の員外教授として招聘される、四月着任 五月十七日、トリプシェンにワーグナー夫妻を訪問	五月二十八日、教授就任講演『ホメロスと古典文献学』
一八七〇	四月九日、正教授に昇任 フランツ・オヴェルベック、ヤコブ・ブルックハルト、エルヴィン・ローデなどの知遇を得る 八月、普仏戦争勃発により志願して看護兵として入隊するも赤痢に感染して十月除隊	
一八七一	二月、病により休暇	

一八七二	ワーグナー家族バイロイトへ移住、ワーグナー夫人の紹介でマルヴィーダ・フォン・マイゼンブーク嬢と知り合う	一月、『悲劇の誕生』『音楽の精髄からの悲劇の誕生』初版出版、不評買う
一八七三	パウル・レーの知遇を得る	八月、『反時代的考察』第一篇『ダヴィッド・シュトラウス—告白者にして著述家なる』出版
一八七四		二月、『反時代的考察』第二篇『生に対する歴史の利益と弊害』出版 十月、『反時代的考察』第三篇『教育者としてのショーペンハウエル』出版
一八七五	健康状態優れず ペーター・ガスト（本名ハインリッヒ・ケーゼリッツ——作曲家にしてニーチェの著述協力者）ニーチェの講義聴講	

一八七六	二月、病気により休講 七月末から八月初め、バイロイト滞在 十月、病気のため休職 マイゼンブーク嬢のソレントの別荘へ ソレントでのワーグナーとの最後の出会いか	七月、『反時代的考察』第四篇『バイロイトにおけるワーグナー』出版 『南方にて』の原型、ソレントで作詩
一八七七	バーゼルに戻るも健康回復せず	
一八七八	一月、ワーグナーより『パルジファル』の台本贈らる 五月、ワーグナーへ『人間的な、あまりに人間的な』第一部贈る ワーグナーと決別	五月、『人間的な、あまりに人間的な』第一部出版
一八七九	六月、病気悪化のためバーゼル大学を退職して年金生活に入る	三月、『人間的な、あまりに人間的な』第二部『さまざまな意見と箴言』出版
一八八〇	ペーター・ガストと共にヴェニスに滞在して、彼の協力を得て『曙光』執筆進む、その後、マリエンバド、ジェノヴァでほぼ完成す	『人間的な、あまりに人間的な』第二部下巻『漂白者とその影』出版（年初か）『《わが幸福よ》！』の原型、ヴェニスで作詩か

一八八一	レコアーロで『曙光』の最終校正 夏はシルス・マリア、冬はジェノヴァなどに滞在	六月、『曙光』出版 八月、シルス・マリアにて「永劫回帰」の閃き得る
一八八二	三月、シシリー島のメッシーナ滞在 四月、ルー・サロメを知る、これよりレー、ニーチェ、サロメの共同生活始まるも、十月末には破局、サロメとのことで母と妹と不仲、冬はジェノヴァのラッパロで過ごす	八月、『悦ばしき知識』（第一書—第四書）出版 『メッシーナ牧歌』として『フォーゲルフライ王子の歌』から六首発表
一八八三	夏はシルス・マリア、冬はニースなどに滞在	二月、『ツアラトストラ』第一部出版 九月、『ツアラトストラ』第二部出版
一八八四	夏までヴェニスで過ごす 十一月、マントン、その後ニースに滞在	四月、『ツアラトストラ』第三部出版 十一月、マントンにて『ミストラルに寄す』作詩
一八八五	妹反ユダヤ主義者のベルンハルト・フェルスターと結婚	二月、『ツアラトストラ』第四部出版

一八八六	六月、シルス・マリア 十月、ルータ・ルグレ（ジェノヴァ近郊）	八月、『善悪の彼岸』出版 八月、『悲劇の誕生』第二版『ギリシャ精神とペシミズム』——自己批判の試み付）脱稿
一八八七	サロメからアンドレアスと結婚するとの通知受ける シルス・マリア、ヴェニス、ニースなど遍歴	『生に捧げる賛歌』作曲出版 『曙光』第二版（序文付）出版 六月、『悦ばしき知識』第二部（第五書、『フォーゲルフライ王子の歌』付加）出版 十一月、『道徳の系譜学』出版
一八八八	ニース、ジェノヴァ、トリノ、シルス・マリア、トリノなどと遍歴	九月、『ワーグナーの場合』出版 『偶像の薄明』脱稿（一八八九年一月出版） 『ニーチェ対ワーグナー』脱稿（一八八九年二月出版） 『ディオニュソス讃歌』脱稿（一八九二年三月出版）

		『アンチクリスト』脱稿 （一八九四年十一月出版） 『この人を見よ』脱稿 （一九〇八年四月出版）
一八八九	一月三日、トリノのカルロ・アルベルト広場で昏倒正気を失う	
一八九七	母フランチスカ死去	
一九〇〇	八月二十五日、ワイマールにて死去、レッケンの家族の墓地に埋葬	

注—三島憲一著『ニーチェ』のニーチェ年譜、理想社ニーチェ全集第十四巻ニーチェ年譜、その他を参考にして作成す

参考文献

(1) FRIEDRICH NIETZSCHE Sämliche Gedichte:Manesse Verlag 1999
(2) Friedrich Nietzsche Gedichte:Reclams Universal-Bibliothek 18636
(3) Friedrich Nietzsche Die Geburt der Tragödie:Reclam 7131
(4) Friedrich Nietzsche Die fröhliche Wissenschaft:Reclams 7115
(5) Friedrich Nietzsche Zur Genealogie der Moral:Reclams 7123
(6) Friedrich Nietzsche Der Fall Wagner usw:Reclams 7126
(7) Friedrich Nietzsche Jenseits von Gut und Böse:Reclams 7114
(8) Friedrich Nietzsche Die nachgelassenen Fragmente:Reclams 7118
(9) Friedrich Nietzsche Also sprach Zarathustra:Reclams 21706
(10) Friedrich Nietzsche Der Antichrist:Insel Verlag it947
(11) Friedrich Nietzsche Menschliches Allzumenschliches:Insel Verlag it2681
(12) Friedrich Nietzsche Ecce Homo:DTV Kleine Bibliothek 9
(13) Friedrich Nietzsche Von Wille und Macht:Insel Verlag it2984

（14）J.M.Edmonds The Poems of Theocritus(from The Greek Bucolic Poets):William Heinemann, G.P.Putanam, Sons 1912
（15）生野幸吉訳『西東詩集』：ゲーテ全集　潮出版　二〇〇二年刊
（16）和辻哲郎・手塚富雄訳『ニーチェ愛する人々へ』：要書房　昭和二十九年刊
（17）浅井眞男訳　エリーザベト・ニーチェ『若きニーチェ』：河出書房新社　一九八三年刊
（18）同右『孤独なるニーチェ』
（19）山本　尤訳『ルー・サロメ回想録』　ミネルバ書房　二〇〇六年刊
（20）高坂正顕著　ニーチェ：アテネ文庫　弘文堂　昭和二七年刊
（21）秋山英夫著　人間ニーチェ：現代教養文庫　社会思想研究会出版部　昭和二九刊
（22）秋山英夫訳『悲劇の誕生』：岩波文庫　昭和四六年刊
（23）三島憲一著　ニーチェ：岩波新書　一九八七年刊
（24）武藤剛史訳　ラ・ロシュフコー箴言集：講談社学術文庫　二〇一九年刊
（25）ニーチェ全集　全十六巻及び別巻1巻　理想社　昭和三十七年刊
（26）小野浩訳『わが生涯より』：角川文庫　昭和二十七年刊

あとがき

ニーチェとは何者なのか。世に哲学者と言うが、哲学者らしい黴臭いことはしていない。彼は一度、空席の哲学科の教授を狙ったことがあったが、採用されなかった。バーゼル大学の古典文献学の教授であったから、彼は正真の古典文献学者と言えるが、自伝の中には《私の旧師リッチェルは私が文献学の文献さえもパリの小説家のように——馬鹿げた程面白くするよう陰謀を企てたとさえ主張した（ich ccncipirte とあるが、ich konspirierte の誤記であろう——訳者注》との件がある。恩師は、文献学者として推挙したが、そうではなかったというのであろうか。

人はゲーテに対して彼をどう表現するのだろうか。小説家であって、劇作家にして詩人と、それでも、言い当ててはいない。

この詩集を読むとニーチェは詩人、抒情詩の詩人と同時に象徴詩の詩人と人は言う筈だ。しかし、それでも何か言い足りない。

彼は膨大な著作を遺した。その主要著書の間にこの詩集が挟まっているのだから、この詩集には彼の主張のエッセンスが詰まっていると考え、ニーチェの本心を解く鍵を探ろうと始めたのがこの小著である。そうやって彼を眺めてみると、彼は単なる、哲学者でも詩人でもない、二百年程前のラ・ロシュフコーのような箴言家を目指していたのではなかったのか。ニーチェは言う。

箴言は新しい領域を持つ――
からかい　熱狂し　跳躍し得るが
箴言は断じて歌い得ない――
だから　箴言は《歌のない分別》と言う

こうやって、ニーチェは箴言の山を築いた。哲学のような体系化は目指さなかった。この詩集は彼の箴言を歌にしたものだ。だから、彼の考えに矛盾があってもそれは仕方ないことだろう。そんな温かい思いでニーチェを見てほしい。キリスト教が支配する世間でそれを否定して、個々の人生の価値を声高に訴えることがどんなに勇気が要って、自己犠牲を伴うことなのか、でも、ニーチェのお陰で人生の意義を知った人々が多かったことにニーチェは誇りに思って欲しい。

まだ引用が不十分かもしれないが、今の自分にはこれが限界かもしれない。とにかく、ニーチェの著作が膨大過ぎる上に、箴言の巨大な山である。しかも相手は天才で、手強い相手である。ちっぽけな自分には手に余る巨人だが、それにも拘らず果敢に攻め込んでみたことは評価されると期待している。いまだかつて挑戦したものはいなかった筈だ。自分としては誇りに思っている。決してドン・キホーテの空威張りではないと思うが。擱筆

二〇二〇年七月十九日　梅雨の大長雨と新型コロナに心痛めつつ富士山麓の庵室にて

出版を決意して

コロナのこともあって、原稿をお蔵入りしていた。妻には私の死後できたら出版してほしいと言い置いていたが、その妻が心臓の大動脈弁交換の大手術を受けることになった。私は医者を信じて同意したが、高齢のため術後の予後が芳しくなく、ひと月半の闘病の末にさっさと三途の川を渡ってしまった。私の衝撃は自制を超えていた。以後一年半程夢遊病者のような生活を続けていた。そんな中のある日、お前、ひょっとすると明日にでもお迎えが来るかもしれないぞという声が聞こえたような気がして、慌てて旧稿を取り出してみた。補筆すれば何とか卒業論文として、世に問えるかもと出版を決意した。

二〇二四年六月五日　富士市の寓居にて

【著者略歴】

太田《おおた》 光一《こういち》

1938 年 1 月　横浜生まれ

1960 年 3 月　東京工業大学　理工学部卒業

1960 年 4 月　日本軽金属（株）に入社、技術開発、工場設計、工場建設、工場経営など主に技術畑で活躍す。

1983 年 4 月　縁あってドイツ・メルク社（本社ダルムシュタット）の日本法人メルク・ジャパン（株）（現メルク株式会社）に転職し、日本における生産拠点の新・増設など、日独の橋渡し役としてメルク社の企業発展に貢献す。

1999 年 3 月　メルク・ジャパン（株）常務取締役退任後、文学研究に専念し今日に至る。

主たる作品

1996 年　『鑽仰と鎮魂の祈り——西行法師の漂着点』（近代文芸社刊）

2000 年　『良寛和尚』（鳥影社刊）

2002 年　『大伴家持』……第 2 回『古代ロマン文学大賞』研究部門優秀賞受賞作品（郁朋社刊）

2005 年　『世阿弥——ヒューマニズムの開眼から断絶まで』……第 5 回『歴史浪漫文学賞』研究部門　特別賞受賞作品（同上）

2010 年　『持統万代集——万葉集の成立』（同上）

2012 年　『ニーチェ詩集——歌と箴言』（同上）

2015 年　『リルケの最晩年～呪縛されていた『ドゥイノの悲歌』の完成を果たして新境地へ～』（同上）

2017 年　『新古今の天才歌人——藤原良経——歌に漂うペーソスは何処から来たのか』（同上）

など

ニーチェの詩集《ししゅう》『フォーゲルフライ王子《おうじ》の歌《うた》』全評釈《ぜんひょうしゃく》

2024年6月30日　第1刷発行

著　者 ― 太田《おおた》　光一《こういち》

発行者 ― 佐藤　聡

発行所 ― 株式会社 郁朋社《いくほうしや》

〒101-0061　東京都千代田区神田三崎町 2-20-4
電　話　03（3234）8923（代表）
ＦＡＸ　03（3234）3948
振　替　00160-5-100328

印刷・製本 ― 日本ハイコム株式会社

装　丁 ― 宮田　麻希

郁朋社ホームページアドレス　http://www.ikuhousha.com
この本に関するご意見・ご感想をメールでお寄せいただく際は、
comment@ikuhousha.com までお願い致します。

ISBN978-4-87302-811-8 C0095